STEPHEN KING THE GREEN MILE Teil 1

BASTEI LÜBBE

STEPHEN KING
im BASTEI-LÜBBE-Taschenbuchprogramm:

THE GREEN MILE
13 950 Teil 1 Der Tod der jungen Mädchen
19 951 Teil 2 Die Maus im Todesblock
13 952 Teil 3 Coffey´s Hände
13 953 Teil 4 Der qualvolle Tod
13 954 Teil 5 Reise in die Nacht
19 955 Teil 6 Coffey´s Vermächtnis

13 001 Feuerkind - Roman
13 008 Shining - Roman
13 035 Cujo - Roman
13 043 Trucks - Filmerzählungen
13 088 Katzenauge - Filmerzählungen
13 121 Carrie - Roman
13 160 Nachtschicht - Erzählungen
13 299 Der Werwolf von Tarker Mills - Kalendergeschichten
13 411 The Stand - Roman

THE GREEN MILE
Teil 1

STEPHEN KING

DER TOD DER JUNGEN MÄDCHEN

Ins Deutsche übertragen
von Joachim Honnef

BASTEI LÜBBE

BASTEI-LÜBBE-TASCHENBUCH
Band 13 865

Erste Auflage:
September 1996
Zweite Auflage:
November 1996

Deutsche Lizenzausgabe 1996
by Bastei-Verlag
Gustav H. Lübbe GmbH & Co.,
Bergisch Gladbach
Originaltitel: The Green Mile –
The Two Dead Girls
Titelbild: © Copyright 1996
by Mark Gerber
Umschlaggestaltung:
Quadro Grafik, Bensberg
Satz: Digital-Offset-Druck
W. Steckstor, Bensberg
Druck und Verarbeitung:
Elsnerdruck, Berlin
Printed in Germany
ISBN 3-404-13865-1

Der Preis dieses Schubers versteht sich
einschließlich der gesetzlichen Mehrwertsteuer.

VORWORT: EIN BRIEF

27. Oktober 1995

Liebe treue Leser,

das Leben ist eine launische Sache. Die Geschichte, die in diesem kleinen Buch beginnt, gibt es in dieser Form wegen der zufälligen Bemerkung eines Immobilienmaklers, den ich nie kennengelernt habe.

Es geschah vor einem Jahr auf Long Island. Ralph Vicinanza, ein alter Freund und Geschäftspartner (er verkauft hauptsächlich die Veröffentlichungsrechte für Bücher und Kurzgeschichten ins Ausland), hatte dort gerade ein Haus gemietet. Der Immobilienmakler bemerkte, daß das Haus ›wie etwas aus einer Geschichte von Charles Dickens‹ aussah.

Ralph erinnerte sich an die Bemerkung, als er seinen ersten Gast im Haus begrüßte, den britischen Verleger Malcolm Edwards. Er erzählte Edwards davon, und sie plauderten über Dickens. Edwards erwähnte, daß Dickens viele seiner Romane in Fortsetzungen veröffentlicht hatte, entweder als Beilage in Zeitschriften oder als eigene Ausgaben, sogenannte ›Chapbooks‹ (ich weiß nicht, woher diese Bezeichnung für ein Buch kommt, das kleiner als ein durchschnittliches ist, aber der vertrauliche und freundschaftliche Klang des Wortes hat mir stets gefallen).

An einigen der Romane, fügte Edwards hinzu, wurde noch geschrieben und korrigiert, während die ersten Folgen bereits veröffentlicht wurden; Charles Dickens war ein Romanautor, der offenbar keine Angst vor Terminschwierigkeiten hatte.

Dickens' in Fortsetzungen veröffentlichte Romane waren enorm beliebt; sogar so beliebt, daß einer davon eine Tragödie in Baltimore heraufbeschwor. Eine große Gruppe von Dickens-Fans drängte sich im Hafen auf einem Pier und wartete auf die Ankunft eines englischen Schiffes mit Exemplaren der letzten Fortsetzung von *The Old Curiosity Shop* an Bord. Wie es heißt, stürzten in dem Gedränge einige der Möchtegern-Leser ins Wasser und ertranken.

Ich bezweifle, daß weder Malcolm noch Ralph jemanden ertrinken sehen wollen, aber sie waren neugierig, was geschehen würde, wenn heutzutage wieder die Veröffentlichung eines Romans in Fortsetzungen versucht werden würde. Keinem von beiden war auf Anhieb bewußt, daß es das schon mindestens zweimal gegeben hatte (es gibt wirklich nichts Neues unter der Sonne). Tom Wolfe veröffentlichte die erste Fassung seines Romans *Fegefeuer der Eitelkeiten* in Fortsetzungen im *Rolling Stone Magazine*, und Michael McDowell *(The Amulet, Gilded Needles, The Elementals* und das Drehbuch *Beetlejuice*) veröffentlichte einen Roman mit dem Titel *Blackwater* in Fortsetzungen im Taschenbuch. Dieser Roman – eine Horrorstory über eine Südstaatler-Familie mit der unangenehmen Eigenart, sich in Alligatoren zu verwandeln – war nicht McDowells bester, aber er wurde trotzdem ein guter Erfolg für Avon Books.

Die beiden Männer spekulierten weiter, was geschehen würde, wenn ein Autor von Unterhaltungsliteratur heutzutage versuchte, einen Roman in Chapbooks zu veröffentlichen – in kleinen Taschenbüchern, die vielleicht für ein Pfund oder zwei in Großbritannien oder für vielleicht drei Dollar in Amerika verkauft werden würden (wo die meisten Taschenbücher jetzt 6,99 Dollar oder 7,99 Dollar kosten). Jemand wie Stephen King könnte solch einem Experiment vielleicht einen interessanten Start geben, meinte Malcolm, und dann unterhielten sie sich über andere Themen.

Ralph vergaß die Idee mehr oder weniger, aber sie fiel ihm im Herbst 1995 wieder ein, als er von der Frankfurter Buchmesse zurückkehrte, einer Art internationaler Handels-Show, bei der jeder Tag für ausländische Agenten wie Ralph ein Showdown ist. Er brachte mir das Thema Fortsetzung/Chapbook zusammen mit einer Reihe von anderen Ideen an, von denen die meisten automatisch abgelehnt wurden.

Die Idee mit dem Chapbook wurde jedoch nicht automatisch abgelehnt; im Gegensatz zum angebotenen Interview in der japanischen Ausgabe des *Playboy* oder der Tournee durch die baltischen Republiken, für die alle Spesen vergütet werden sollten, beflügelte sie meine Phantasie. Ich bezweifle, daß ich ein moderner Dickens bin – wenn es so jemanden gibt, dann ist das vermutlich John Irving oder Salman Rushdie –, aber ich habe stets Geschichten geliebt, die in Episoden erzählt werden. Es ist eine Form, auf die ich zum erstenmal in der *Saturday Evening Post* stieß, und sie gefiel mir, weil das Ende jeder Episode Leser und Schriftsteller zu fast gleichen Partnern machte – man konnte eine ganze Woche lang versuchen, die nächste Windung der Schlange herauszufinden. Außerdem, so kam es mir vor, las und erlebte man diese Geschichten intensiver, weil sie rationiert waren. Man konnte sie nicht verschlingen, selbst wenn man das wollte (und wenn die Story gut war, tat man es dennoch).

Das Beste von allem: Bei mir zu Hause lasen wir Geschichten oft laut vor – an einem Abend mein Bruder David, am nächsten ich, am übernächsten meine Mutter, dann wieder mein Bruder. Es war eine seltene Möglichkeit, ein geschriebenes Werk zu genießen wie die Filme und Fernsehprogramme (*Rawhide, Bonanza, Route 66*), die wir uns gemeinsam ansahen; sie waren ein Familienereignis. Erst Jahre später wurde mir klar, daß Dickens' Romane in seiner Zeit auf sehr ähnliche Art und Weise erfreut hatten. Der Unterschied war nur, daß sie über Jahre hinweg am Kamin bei dem Schicksal von Pip und Oliver und David Copperfield mit leiden mußten oder sich freuen konnten – nicht nur ein paar Monate lang (selbst die längsten Serien in der *Post* hatten selten mehr als acht Fortsetzungen).

Es gefiel mir noch etwas anderes an der Idee, ein Aspekt, den wohl nur der Verfasser von Spannungsromanen und Gruselgeschichten voll zu schätzen weiß: Bei einer Geschichte, die in

Fortsetzungen veröffentlicht wird, gewinnt der Schriftsteller eine Überlegenheit über den Leser, die er sonst nicht genießen kann: Einfach gesagt, treue Leser, Sie können nicht vorausblättern und sehen, wie die Sache ausgeht.

Ich erinnere mich noch daran, wie ich einmal in unser Wohnzimmer spazierte, als ich zwölf oder so war, und meine Mutter in ihrem geliebten Schaukelstuhl saß. Verstohlen blinzelte sie auf das Ende eines Agatha-Christie-Taschenbuchs, während ihr Finger das Buch erst bis Seite 50 oder so aufgeschlagen hielt. Ich war entsetzt, und das sagte ich ihr (ich war zwölf Jahre alt, wohlgemerkt, ein Alter, in dem Jungs verschwommen zu erkennen beginnen, daß sie alles wissen). Ich erklärte ihr, wenn man das Ende eines Krimis liest, bevor man tatsächlich dort anlangt, ist das so, als esse man die Marmelade eines Berliners und werfe dann den Berliner selbst weg. Sie lachte ihr wundervolles ungeniertes Lachen und sagte, das möge vielleicht so sein, aber manchmal könne sie einfach nicht der Versuchung widerstehen. Der Versuchung erliegen, das war eine Sache, die ich verstehen konnte: das passierte mir auch oft, sogar mit zwölf. Aber jetzt gibt es endlich ein amüsantes Mittel gegen die Versuchung. Bis die letzte Episode im Buchhandel eintrifft, weiß keiner, wie *The Green Mile* ausgeht, und das schließt mich vielleicht ein.

Ralph Vicinanza konnte es unmöglich wissen, aber er erwähnte die Idee, einen Roman in Fortsetzungen zu veröffentlichen, bei mir in einem psychologisch perfekten Augenblick. Ich hatte mit einer Romanidee gespielt, mit einem Thema, bei dem mir klar war, daß ich es früher oder später anpacken mußte: der elektrische Stuhl. ›Old Sparky‹ hat mich fasziniert, seit ich meinen ersten James-Cagney-Film sah, und die ersten Geschichten über Todeszellen, die ich las (in einem Buch von Warden Lewis E. Lawes mit dem Titel *Twenty Thousand Years in Sing Sing*), regten die dunklere Seite meiner Phantasie an. Ich fragte mich, wie es sein mag, wenn man diese letzten vierzig Yard zum elektrischen Stuhl geht und weiß, daß man dort stirbt. Und, was das anbetrifft, wie mag es sein, wenn man der Mann ist, der den zum Tode Verurteilten festschnallt oder den Hebel betätigt? Was würde solch ein Job einem nehmen? Oder, noch gruseliger, was würde er einem vielleicht geben?

Ich hatte diese Grundideen im Laufe der vergangenen zwanzig oder dreißig Jahre bei einer Reihe verschiedener Rahmenhandlungen versucht, stets tastend, versuchsweise. Ich hatte einen erfolgreichen Roman geschrieben, der im Gefängnis spielt (*Rita Hayword and Shawshank Redemption*), und war zu dem Schluß gelangt, daß dieses Thema vermutlich ideal für mich war, als diese Idee zur Sprache kam. Es gab vieles, was mir daran gefiel, aber vor allem faszinierte mich die Stimme des Erzählers: leise, ehrlich, vielleicht ein bißchen naiv – er ist ein Stephen-King-Erzähler, wie ich mir keinen besseren vorstellen kann. So machte ich mich an die Arbeit, aber auf vorsichtige Weise und mit Unterbrechungen. Das meiste des zweiten Kapitels wurde während eines durch Regen bedingten unfreiwilligen Aufenthaltes im Fenway Park geschrieben!

Als Ralph anrief, hatte ich ein gefülltes Notizbuch mit gekritzelten Seiten von *The Green Mile*, und ich erkannte, daß ich einen Roman aufbaute, während ich meine Zeit mit dem Überarbeiten eines bereits fertigen Buchs (*Desperation* – Sie werden es bald sehen, treue Leser) hätte verbringen sollen. Zu diesem Zeitpunkt war ich mit *The Green Mile* so weit, daß ich nur die Wahl hatte, es wegzulegen (und vermutlich nie wieder aufzunehmen) oder auf alles andere zu verzichten und weiterzumachen.

Ralph schlug eine mögliche dritte Alternative vor, eine Geschichte, die auf die gleiche Art und Weise geschrieben werden konnte, wie sie gelesen wurde – in Fortsetzungen. Und mir gefiel auch der riskante Aspekt: Verknall dich in den Job, schaffe es nicht, ihn termingerecht durchzuziehen, und auf einmal wollen dich ungefähr eine Million Leser skalpieren. Keiner weiß das besser als ich, abgesehen von meiner Sekretärin Juliann Eugley. Wir erhalten jede Woche Dutzende wütender Briefe, in denen das nächste Buch des *Dark-Tower*-Zyklus gefordert wird (Geduld, Fans von Roland; noch ein Jahr oder so, und Euer Warten wird ein Ende haben, das verspreche ich). Einer dieser Briefe enthielt ein Polaroidfoto, das einen Teddybär in Ketten zeigt, und dazu ist die Botschaft aus den ausgeschnittenen Buchstaben von Schlagzeilen aus Zeitungen und Zeitschriften aufgeklebt: BRING DAS NÄCHSTE DARK-TOWER-BUCH SOFORT HERAUS, ODER

DER BÄR STIRBT. Ich habe das Bild in meinem Büro aufgehängt, um mich an zweierlei zu erinnern: an meine Verantwortung und daran, wie wunderbar es ist, daß Leute sich tatsächlich ein wenig um die Geschöpfe meiner Phantasie sorgen.

Jedenfalls habe ich mich entschieden, *The Green Mile* in einer Serie kleiner Taschenbücher herauszubringen, in der Art und Weise des 19. Jahrhunderts, und ich hoffe, Sie werden mir schreiben und mir sagen, ob Ihnen (a) die Story gefällt und ob Sie (b) die selten genutzte, aber ziemlich amüsante Art der Veröffentlichung in Fortsetzungen mögen. Es war zweifellos ein Ansporn beim Schreiben der Geschichte, obwohl sie in diesem Augenblick (an einem regnerischen Abend im Oktober 1995) weit entfernt von der Fertigsstellung ist, auch nicht in einem Rohentwurf, und das Ende ungewiß bleibt. Dies ist ein Teil der Spannung bei der ganzen Sache, obwohl ich zu diesem Zeitpunkt mit Vollgas durch dichten Nebel fahre.

Vor allem möchte ich sagen, wenn Sie nur halb soviel Spaß beim Lesen haben, wie ich beim Schreiben hatte, können wir beide zufrieden sein. Genießen Sie es – und warum lesen Sie es nicht vor, abwechselnd mit Freunden? Das wird auf jeden Fall die Zeit verkürzen, bis die nächste Fortsetzung an Ihrem Kiosk oder bei Ihrem Buchhändler zu haben ist.

Unterdessen – passen Sie auf sich auf, und seien Sie gut zueinander.

Stephen King

1

Dies geschah 1932, als das Staatsgefängnis noch in Cold Mountain war. Und als der elektrische Stuhl ebenfalls dort war.

Die Insassen machten natürlich Witze über den Stuhl, wie Leute immer über Dinge scherzen, die ihnen Angst einjagen, denen sie jedoch nicht entkommen können. Sie nannten ihn Old Sparky oder Big Juicy. Sie rissen Witze über die Stromrechnung und über Direktor Moores, der in diesem Herbst zum Thanksgiving Day das Abendessen selbst kochen mußte, weil seine Frau Melinda zu krank dazu war.

Aber für diejenigen, die auf diesem Stuhl Platz nehmen mußten, war es mit dem Humor schnell vorbei. Während meiner Zeit in Cold Mountain hatte ich die Aufsicht bei achtundsiebzig Hinrichtungen (eine Zahl, die sich mir unauslöschlich eingeprägt hat; ich werde mich auf meinem Sterbebett noch daran erinnern), und ich denke, daß den meisten dieser Männer erst richtig klar wurde, was geschehen würde, wenn ihre Knöchel an das robuste Eichenholz von Old Sparkys Beinen geschnallt wurden.

Dann kam die Erkenntnis (man sah in ihren Augen kaltes Entsetzen), daß ihre Beine die Karriere beendet hatten. Das Blut rann noch in ihnen, die Muskeln waren noch kräftig, aber sie waren erledigt. Sie würden nie wieder über Land spazieren oder mit einem Mädchen auf einer Fete tanzen.

Old Sparkys Gäste erkannten ihren Tod von den Knöcheln an aufwärts. Eine große schwarze Kapuze aus Seide wurde ihnen über den Kopf gestülpt, nachdem sie ihre letzten, meistens zusammenhanglosen Worte gesagt hatten. Die Kapuze sollte angeblich für sie sein, aber ich habe immer gedacht, daß sie für uns war, damit wir nicht das schreckliche Entsetzen in ihren Augen sahen, wenn sie erkannten, daß sie mit gebeugten Knien sterben würden.

Es gab keinen Todestrakt in Cold Mountain, nur Block E, der abseits von den anderen vier Blocks stand, nur ungefähr ein Viertel so groß und aus Backstein statt aus Holz und mit einem schrecklich kahlen Eisendach, das wie ein Augapfel im Delirium in die Sommersonne starrte. In Block E gab es sechs Zellen, drei auf jeder Seite eines breiten Mittelgangs, und jede Zelle war fast zweimal so groß wie die Zellen in den anderen vier Blocks. Es waren Einzelzellen. Großer Komfort für ein Gefängnis (besonders in den dreißiger Jahren), aber die Insassen hätten gern mit Zellen in einem der vier anderen Blocks getauscht, glauben Sie mir.

Während meiner Jahre als Wärter in Block E gab es niemals eine Zeit, in der alle sechs Zellen gleichzeitig belegt waren – man muß Gott auch für kleine Gefälligkeiten dankbar sein. Höchstens vier Zellen waren belegt mit Schwarzen und Weißen (in Cold Mountain gab es keine Rassentrennung bei den wandelnden Toten), und das war ein kleines Stück Hölle.

In einer Zelle war eine Frau, Beverly McCall.

Sie war schwarz wie Pik-As und schön wie die Sünde, für die man nie genug Nerven hat, um sie zu begehen. Sie hatte es sechs Jahre lang hingenommen, von ihrem Mann geschlagen zu werden, aber keinen einzigen Tag ertragen, daß er fremdging. An dem Abend, an dem sie herausfand, daß er sie betrog, wartete sie auf den unglückseligen Lester McCall, bei seinen Kumpeln (und vermutlich bei seiner Geliebten, mit der er äußerst kurzfristig ein Verhältnis angefangen hatte) als der Scharfe Les bekannt, oben auf der Treppe zur Wohnung über seinem Friseurladen. Sie wartete, bis er seinen Mantel halb ausgezogen hatte, und verteilte dann seine betrügerischen Gedärme auf seinen zweifarbigen Schuhen. Dazu benutzte sie eines seiner eigenen Rasiermesser.

Zwei Nächte, bevor sie auf Old Sparky Platz nehmen mußte, rief sie mich zu ihrer Zelle und sagte, sie wäre in einem Traum von ihrem afrikanischen Geistergott besucht worden. Er riet ihr, den Sklavennamen aufzugeben und unter ihrem Namen in Freiheit zu sterben: Matuomi. Das war ihre Bitte, daß auf dem Totenschein der Name Beverly Matuomi stehen sollte. Ich nehme an, ihr Geistergott gab ihr keinerlei Vornamen oder einen, an den sie sich nicht erinnern konnte. Jedenfalls sagte ich ja, okay, prima. In den Jahren als Gefängniswärter lernt man unter anderem, daß man dem zum Tode Verdammten nie etwas abschlagen soll, wenn es nicht unbedingt nötig ist. Im Fall von Beverly Matuomi war es ohnehin gleichgültig. Der Gouverneur rief am nächsten Nachmittag gegen drei Uhr an und wandelte die

Todesstrafe in ›lebenslänglich‹ in der Frauenhaftanstalt Grassy Valley Penal Facility um – wir sagten damals, alles Penal und kein Penis. Es freute mich, als ich Bevs runden Hintern nach links zum Ausgang statt nach rechts zum Stuhl gehen sah, das kann ich Ihnen sagen.

Fünfunddreißig Jahre oder so später – es mußten mindestens fünfunddreißig sein – sah ich diesen Namen in der Zeitung unter dem Foto einer schmalgesichtigen schwarzen Lady mit weißem Haar und einer Brille mit Rheinkieseln an der Fassung. Es war Beverly. Sie hatte die letzten zehn Jahre ihres Lebens als freie Frau verbracht und die Bücherei der Kleinstadt Raines Falls ziemlich auf eigene Faust vor der Schließung gerettet, hieß es im Nachruf. Beverly hatte auch in der Sonntagsschule gelehrt und war in diesem Nest in der tiefsten Provinz sehr beliebt gewesen. BIBLIOTHEKARIN STARB AN HERZVERSAGEN, lautete die Überschrift, und darunter in kleiner Schrift, fast als nachträglicher Einfall: *Verbüßte über zwei Jahrzehnte Gefängnisstrafe wegen Mordes.*

Nur die Augen, groß und glänzend hinter der Brille mit den Rheinkieseln an der Fassung, waren dieselben. Es waren die Augen einer Frau, die noch mit über siebzig Jahren nicht zögern würde, sich ein Rasiermesser aus dem blauen Topf mit Desinfektionslauge zu schnappen, wenn der Drang übermächtig wurde. Man erkennt Mörder, selbst wenn sie als alte Bibliothekarinnen in verschlafenen Kleinstädten enden. Jedenfalls erkennt man welche, wenn man so viele Mörder gehütet hat wie ich. Nur einmal habe ich das Wesen meines Jobs in Frage gestellt. Ich nehme an, deshalb schreibe ich dies.

Der breite Gang durch die Mitte des E-Blocks war mit Linoleum von der Farbe müder alter Limonen ausgelegt, und so wurde das, was in anderen Gefängnissen Letzte Meile hieß, in Cold Mountain Green Mile genannt. Ich glaube, sie maß von Süden nach Norden, vom Anfang bis zum Ende, sechzig lange Schritte. Am Anfang war der Gefängnistrakt, am Ende war eine T-förmige Kreuzung. Ein Abbiegen nach links bedeutete Leben – wenn man das, was im sonnenverdorrten Hof lief, als Leben bezeichnen konnte –, und viele bogen ab; viele lebten jahrelang so, ohne sichtliche Auswirkungen auf die Gesundheit. Diebe und Brandstifter und Sexualverbrecher, alle redeten ihre Sprache und spazierten auf ihre Weise und machten ihre kleinen Händel.

Ein Abbiegen nach rechts war jedoch etwas anderes. Zuerst kam man in mein Büro (wo der Teppich ebenfalls grün war; ich wollte es immer ändern, kam aber nicht dazu) und trat vor meinen Schreibtisch, der links vom Sternenbanner und rechts von der Staatsflagge flankiert war. Auf der hinteren Seite waren zwei Türen. Eine führte in die kleine Toilette, die ich und die Wärter von Block E (manchmal sogar Direktor Moores) benutzten; die andere Tür führte zu einer Art Lagerschuppen. Dort endete man, wenn man die Grüne Meile ging.

Es war eine kleine Tür – ich mußte den Kopf

einziehen, wenn ich hindurchging, und John Coffey mußte sich sogar setzen und rutschen. Man gelangte auf einen kleinen Treppenabsatz, und drei Zementstufen führten hinab auf einen Plankenboden. Es war ein elender Raum ohne Heizung und mit Eisendach, genau wie das Dach des Blocks, an den der Raum angebaut war. Im Winter war es darin so kalt, daß man seinen Atem sehen konnte, und im Sommer war es stickig und heiß. Bei der Hinrichtung von Elmer Manfred – im Juli oder August 1930 war das, glaube ich – wurden neun Zeugen ohnmächtig.

Auf der linken Seite des Lagerschuppens war wieder Leben. Werkzeuge (alle in Halterungen, mit Ketten gesichert, als wären es Gewehre statt Spaten und Hacken), Textilien, Säcke mit Samen für die Frühjahrsaussaat in den Gefängnisgärten, Kartons mit Toilettenpapier, Paletten mit Rohlingen für die Gefängnisschlosserei und sogar Säcke mit Kalk zum Markieren des Baseball- und Football-Spielfeldes – die Sträflinge spielten auf der sogenannten Weide, und in Cold Mountain freute man sich sehr auf Nachmittage im Herbst, an denen gespielt wurde.

Rechts war, wieder einmal – der Tod. Old Sparky persönlich stand auf einer Plankenplattform in der Südostecke des Lagerraums, mit stämmigen Eichenbeinen, breiten Eichenarmen, die den Angstschweiß von Hunderten Leuten in den letzten paar Minuten ihres Lebens aufgesogen hatten, und mit der Metallmütze, die für gewöhnlich keck hinten auf dem Stuhl hing wie das Käppi eines Roboter-Kids in einem Comic strip von Buck Rogers. Ein Kabel führte von der Mütze fort durch ein Loch mit einer Dichtungsmanschette in der Wand hinter dem Stuhl. Auf einer Seite stand ein feuerverzinkter Eimer. Wenn man hineinschaute, sah man einen runden Schwamm, der genau in die Metallmütze paßte. Vor Hinrichtungen wurde er in Salzlake getränkt, damit er besser die Stromladung leiten konnte, die durch den Draht strömte, durch den Schwamm und in das Gehirn des zum Tode Verdammten.

2

1932 war das Jahr von John Coffey. Die Einzelheiten standen in den Zeitungen, und jeder, der sich dafür interessierte, konnte sie lesen – jeder, der mehr Energie hat als ein sehr alter Mann, der dem Ende seines Lebens in einem Pflegeheim in Georgia entgegendöst.

Ich erinnere mich, daß es ein heißer Herbst war, wirklich ein sehr heißer. Der Oktober war fast wie August, und die Frau des Direktors, Melinda, war im Krankenhaus in Indianola. Es war der Herbst, an dem ich die schlimmste Blaseninfektion meines Lebens hatte, nicht schlimm genug, um mich ins Krankenhaus zu bringen, aber fast schlimm genug, um mir bei jedem Pinkeln den Tod zu wünschen. Es war der Herbst von Delacroix, dem kleinen, fast kahlköpfigen Franzosen mit der Maus, der Mann, der im Sommer kam und diesen raffinierten Trick mit der Holzrolle machte. Doch hauptsächlich war es der Herbst, in dem John Coffey in den Block E kam, zum Tode verurteilt wegen der Sexualmorde an den Detterick-Zwillingen.

Bei jeder Schicht waren vier oder fünf Wärter im Block, aber viele davon waren Springer. Dean Stanton, Harry Terwilliger und Brutus Howell (die Männer nannten ihn ›Brutal‹, aber das war ein Scherz, denn er konnte trotz seiner enormen Körpergröße keiner Fliege etwas zuleide tun, wenn es nicht sein mußte) sind inzwischen verstorben, und ebenfalls Percy Wetmore, der wirklich brutal und obendrein blöde war. Percy hatte nichts im Block E zu suchen, wo ein bösartiges Naturell nutzlos und manchmal gefährlich war, aber er war ein angeheiratete Verwandter des Gouverneurs, und so blieb er.

Es war Percy Wetmore, der Coffey in den Block führte, mit dem vermutlich traditionellen Ruf: ›Eine wandelnde Leiche! Hier ist eine wandelnde Leiche!‹

Es war immer noch so heiß wie die Angeln der Tür zur Hölle, Oktober oder nicht. Die Tür zum Gefängnishof wurde geöffnet und ließ eine Flut von Licht und den größten Mann herein, den ich je gesehen hatte, abgesehen von den Basketballtypen im Fernsehen. Er trug Ketten an den Armen und um seine faßartige Brust, Eisenketten an den Knöcheln, verbunden mit einer Kette, die klirrte wie hinabfallende Münzen, als er über den grünen Gang zwischen den Zellen ging.

Percy Wetmore war an einer Seite, der dünne, kleine Harry Terwilliger an der anderen, und sie wirkten wie Kinder, die einen gefangenen Bär begleiteten. Sogar Brutus Howell sah im Vergleich zu Coffey wie ein Kind aus, und Brutal war über einsachtzig und stämmig, ein Football-Halbstürmer, der sich als Profispieler versucht hatte, bis er gefeuert worden und nach Cold Mountain zurückgekehrt war.

John Coffey war ein Schwarzer wie die meisten der Männer, die für eine Weile in Block E blieben, bevor sie in Old Sparkys Schoß starben. Er war fast zwei Meter groß, nicht geschmeidig wie die Basketballtypen im Fernsehen, aber breitschultrig und mit Muskeln bepackt. Sie verpaßten ihm die größte blaue Gefängniskluft, die sie im Lager finden konnten. Dennoch hatten die Hosenbeine über seinen narbigen Knöcheln Hochwasser. Das Hemd war offen auf seiner faßartigen Brust, und die Ärmel waren zu kurz. Er hielt seine Mütze in einer riesigen Hand, was vielleicht gut war; auf seinem kahlen, mahagonifarbenen Ball von Kopf hätte sie ausgesehen wie die Art Mütze, die ein Orgel spielender Mönch trägt, nur blau statt rot.

Er sah aus, als könnte er die Ketten so leicht sprengen wie Sie das Band um ein Weihnachtsgeschenk, aber wenn Sie in sein Gesicht sahen, wußten Sie, daß er so etwas nicht tun würde. Er war nicht blöde, obwohl Percy das dachte und ihn bald Blödmann nannte, sondern er wirkte wie jemand, der sich verirrt hat. Er schaute sich verunsichert um, als wollte er ergründen, wo er war. Vielleicht sogar, wer er war. Mein erster Gedanke war, daß er wie ein schwarzer Samson aussah, nachdem Dalila ihn geschoren hatte, bis sein Schädel so glatt war wie ihre kleine treulose Hand, und ihm damit allen Spaß genommen hatte.

»Wandelnde Leiche!« trompetete Percy und zerrte an der Handschelle dieses menschlichen Bären, als glaubte er tatsächlich, er könnte ihn bewegen, wenn sich Coffey entschied, keinen weiteren Schritt aus eigenem Antrieb zu machen. Harry sagte nichts, aber er wirkte peinlich berührt.

»Wandelnde Leiche!«

»Das reicht«, sagte ich. Ich war in Coffeys zukünftiger Zelle und saß auf seiner Pritsche. Ich hatte natürlich gewußt, daß er kam, und war dort, um ihn zu begrüßen und die Verantwortung für ihn zu übernehmen, aber ich hatte keine Ahnung gehabt, wie groß er war. Percy bedachte mich mit einem Blick, der sagte, wir alle wissen, daß du ein Arschloch bist (mit Ausnahme des Blödmanns natürlich, der nur weiß, wie man kleine Mädchen vergewaltigt und ermordet), aber er sagte nichts.

Die drei blieben außerhalb der Zellentür stehen, die offenstand. Ich nickte Harry zu, der sagte: »Bist du sicher, daß du dort drinnen mit ihm zusammensein willst, Boß?« Ich hatte Harry Terwilliger noch nicht oft so nervös gehört – er hatte während des Gefangenenaufstands vor sechs oder sieben Jahren an meiner Seite gestanden und war nicht zurückgewichen, auch nicht, als Gerüchte die Runde machten, daß einige der Krawallbrüder Waffen hatten –, aber in diesem Augenblick klang er nervös.

»Werde ich irgendwelche Probleme mit dir haben, großer Junge?« fragte ich, blieb auf der Pritsche sitzen und bemühte mich, nicht so erbärmlich auszusehen oder zu klingen, wie ich mich fühlte – diese schon erwähnte Blaseninfektion war noch nicht so schlimm, wie sie schließlich wurde, aber ich fühlte mich auch nicht wie am Strand, das kann ich Ihnen sagen.

Coffey schüttelte langsam den Kopf – einmal nach links, einmal nach rechts, und dann richtete er ihn wieder auf die Mitte aus. Als mich sein

Blick erst einmal gefunden hatte, ließ er mich nicht mehr los.

Harry hielt ein Klemmbrett mit Coffeys Formularen darauf. »Gib es ihm«, sagte ich zu Harry. »Gib es ihm in die Hand.«

Harry tat es. Der große Trottel nahm es wie ein Schlafwandler.

»Jetzt bring es zu mir, großer Junge«, sagte ich, und Coffey gehorchte. Seine Ketten klirrten. Er mußte sich ducken, um die Zelle betreten zu können.

Ich blickte an ihm hinauf und hinab, um seine Größe als Fakt zu registrieren, nicht als optische Illusion. Es stimmte: zwei Meter, einen Zentimeter mehr oder weniger. Sein Gewicht war mit einhundertdreißig Kilo angegeben, aber ich denke, das war nur schlecht geschätzt; er mußte über drei Zentner schwer sein. In der Rubrik ›Narben und besondere Kennzeichen‹ war in der krakeligen Schrift von Magnusson, dem alten Kalfakter in der Registratur, das Wort *zahlreiche* eingetragen.

Ich blickte auf. Coffey war ein Stück zur Seite geschlurft, und Harry stand auf dem Gang vor der Zelle mit Delacroix – er war der einzige andere Gefangene in Block E, als Coffey eintraf. Del war ein schmächtiger Typ mit fast kahlem Kopf und der besorgten Miene eines Buchhalters, der weiß, daß seine Veruntreuungen bald entdeckt werden. Eine zahme Maus saß auf seiner Schulter.

Percy Wetmore lehnte am Türpfosten der Zelle, die soeben John Coffeys Zelle geworden war. Percy hatte seinen Hickory-Schlagstock aus dem speziell angefertigten Holster genommen, in dem er ihn trug, und schlug damit in die linke Handfläche, als wäre der Schlagstock ein Spielzeug, mit dem er sich jetzt gern beschäftigen würde. Und auf einmal konnte ich es nicht ertragen, Percy dort herumstehen zu sehen.

Vielleicht lag es an der für diese Jahreszeit ungewöhnlichen Hitze, vielleicht an der Blaseninfektion, die meinen Unterleib erhitzte und das Jucken meiner Flanellunterwäsche fast unerträglich machte. Vielleicht lag es auch an dem Wissen, daß der Staat mir einen Schwarzen zum Hinrichten geschickt hatte, der einem Idioten gleichkam, und Percy ihn offenbar zuerst ein bißchen mit dem Schlagstock bearbeiten wollte. Vermutlich kam alles zusammen. Was auch immer es war, ich vergaß für eine Weile seine politischen Verbindungen.

»Percy«, sagte ich. »Drüben im Krankenrevier ziehen sie um.«

»Bill Dodge hat die Aufsicht über die Operation Umzug.«

»Das weiß ich«, sagte ich. »Geh und hilf ihm.«

»Das ist nicht mein Job«, sagte Percy. »Dieser blöde Lulatsch ist mein Job.« Er verabscheute große Leute. Er war nicht schmächtig wie Harry Terwilliger, aber klein. Ein Zwerghahn, der Typ, der Leute provoziert, besonders wenn die Chancen alle bei ihm lagen. Und eitel mit seinem Haar. Er konnte kaum die Hände davon lassen.

»Dann ist dein Job erledigt«, sagte ich. »Geh rüber ins Krankenrevier.«

Er schob trotzig die Unterlippe vor. Bill Dodge und seine Männer transportierten Kartons und Bettwäsche und sogar die Betten; das ganze Krankenrevier zog in ein neues Fachwerkgebäude an der Westseite des Gefängnisses um. Heiße Arbeit, schweres Heben. Percy Wetmore wollte sich davor drücken.

»Die haben genug Leute«, sagte er.

»Dann geh rüber und schau ihnen bei der Arbeit zu«, sagte ich mit erhobener Stimme.

Ich sah, daß Harry zusammenzuckte, und ignorierte es. Wenn der Gouverneur Direktor Moores anwies, mich zu feuern, weil ich an dem falschen Gefieder gerupft hatte, mit wem würde Hal Moores dann meine Stelle besetzen? Mit Percy? Das war ein Witz. »Es ist mir wirklich egal, was du tust, Percy, solange du für eine Weile von hier verschwindest.«

Einen Augenblick lang dachte ich, er würde stur sein und wirklich Schwierigkeiten machen, während Coffey die ganze Zeit dastand wie die größte stehengebliebene Uhr der Welt. Dann rammte Percy seinen Schlagstock zurück in sein handgefertigtes Holster – verdammt blödes Ding für einen eitlen Fatzke – und stolzierte den Gang hinauf.

Ich erinnere mich nicht, welcher Wärter an diesem Tag Dienst am Wachpult hatte – einer der Springer, nehme ich an –, aber Percy mußte seine Miene mißfallen haben, denn er grollte, als er vorbeiging: »Hör mit dem blöden Grinsen auf, oder ich wische dir Scheißer das Grinsen aus dem Gesicht.« Es rasselten Schlüssel, eine Tür ging auf, es fiel für einen kurzen Moment Sonnenschein vom Hof auf den Gang, und dann war Percy Wetmore verschwunden, wenigstens für den Augenblick. Delacroix' Maus flitzte von einer Schulter des kleinen Franzosen zur anderen hin und her, und ihre Barthaare zuckten.

»Ruhig, Mr. Jingles«, sagte Delacroix, und die Maus verharrte auf seiner linken Schulter, als hätte sie ihn verstanden. »Sei ganz still und ganz ruhig.« Mit Delacroix' Akzent klang ruhig wie rü-ig.

»Du legst dich hin, Del«, sagte ich schroff. »Ruh dich aus. Dies geht dich ebenfalls nichts an.«

Er gehorchte. Er hatte eine junge Frau vergewaltigt und getötet und dann ihre Leiche hinter dem Apartmenthaus abgelegt, in dem sie gewohnt hatte, sie mit Benzin übergossen und in Brand gesteckt, um den Beweis seines Verbrechens zu vernichten, wie er es sich in seinem wirren Kopf ausgedacht hatte. Das Feuer hatte auf das Haus übergegriffen, es in Brand gesetzt, und sechs weitere Leute waren bei dem Feuer umgekommen, darunter zwei Kinder.

Es war das einzige Verbrechen, das er begangen hatte, und jetzt war er nur ein sanftmütiger Mann mit besorgtem Gesicht, einer kahlen Birne und ringsum langem Haar, das bis über seinen Hemdkragen fiel.

Er würde bald auf Old Sparky Platz nehmen, aber was auch immer ihn zu dieser schrecklichen Sache getrieben hatte, war bereits aus ihm heraus, und jetzt legte er sich auf seine Pritsche und ließ seinen kleinen Gefährten quiekend über seine Hände laufen.

In gewisser Weise war das das Schlimmste: Old Sparky verbrannte nie, was in ihnen war, und das Gift, das man ihnen heutzutage injiziert, brachte es nicht zum Schlafen. Es entkommt, springt zu jemand anderem, so daß wir nur Hüllen töten, die ohnehin nicht mehr wirklich leben.

Ich wandte meine Aufmerksamkeit dem Riesen zu.

»Wenn ich dir von Harry diese Ketten abnehmen lasse, wirst du dann nett sein?«

Er nickte. Das Nicken war ruckartig wie sein Kopfschütteln: Kopf runter, Kopf rauf und in die Ausgangsstellung. Er sah mich mit seinem sonderbaren Blick an. Es lag eine Art Frieden in seinen Augen, aber kein Frieden, der mir das Gefühl gab, daß ich ihm trauen konnte. Ich krümmte einen Finger und winkte Harry zu mir, der zu Coffey ging und die Ketten aufschloß. Harry zeigte jetzt keine Furcht, auch nicht, als er sich zwischen Coffeys baumstammartige Beine kniete, um die Fußeisen aufzuschließen, und das beruhigte mich etwas. Es war Percy, der Harry nervös gemacht hatte, und ich vertraute Harrys Instinkten. Ich vertraute den Instinkten all meiner Männer von Block E mit Ausnahme von Percy.

Ich halte Neuen im Block eine kleine Ansprache, aber bei Coffey zögerte ich, denn er wirkte so anormal, und nicht nur wegen seiner Größe.

Als Harry zurücktrat (Coffey war die ganze Zeit während der Entkettung reglos geblieben, so ruhig wie ein Percheronpferd), schaute ich zu meinem neuen Schutzbefohlenen auf, tippte mit dem Daumen auf das Klemmbrett und fragte: »Kannst du reden, großer Junge?«

»Jawohl, Sir, Boß, ich kann reden«, sagte er. Seine Stimme war ein tiefes, stilles Grollen. Es erinnerte mich an einen frisch getunten Traktormotor. Er hatte keinen richtigen Südstaatlerakzent, aber seine Sprechweise war die eines Südstaatlers, was ich später bemerkte. Als wäre er vom Süden, nicht aus dem Süden. Er klang nicht ungebildet, aber auch nicht gebildet. In seiner Sprache wie in so vielen anderen Dingen war er ein Geheimnis. Vor allem seine Augen beunruhigten mich – es war eine Art friedliche Abwesenheit darin, als sei er weit, weit fort.

»Dein Name ist John Coffey?«

»Jawohl, Sir, Boß, wie das Getränk, nur anders geschrieben.«

»Du kannst also buchstabieren? Lesen und schreiben?«

»Nur meinen Namen, Boß«, sagte er ernst.

Ich seufzte und gab ihm dann eine Kurzversion meiner einstudierten Ansprache. Ich war bereits zu dem Schluß gelangt, daß er keine Probleme machen würde. In diesem Punkt hatte ich recht und unrecht.

»Mein Name ist Paul Edgecombe«, sagte ich. »Ich bin der Oberwärter in Block E – der Chef der Wärter. Wenn du etwas von mir willst, nenn meinen Namen und frag nach mir. Wenn ich nicht da bin, wende dich an diesen anderen Mann – er heißt Harry Terwilliger. Oder du fragst nach Mr.

Stanton oder Mr. Howell. Hast du das verstanden?«

Coffey nickte.

»Erwarte nur nicht, daß du bekommst, was du willst, es sei denn, wir entscheiden, daß du es brauchst – dies ist kein Hotel. Kannst du mir immer noch folgen?«

Er nickte abermals.

»Dies ist ein ruhiger Ort, großer Junge – nicht wie der Rest des Gefängnisses. Hier sind nur du und Delacroix dort drüben. Du wirst nicht arbeiten; du wirst hauptsächlich herumsitzen. So hast du Zeit, um über die Dinge nachzudenken.«

Zuviel Zeit für die meisten, aber das sagte ich nicht. »Abends lassen wir das Radio laufen, wenn alles in Ordnung ist. Magst du Radio hören?«

Er nickte, jedoch zweifelnd, als sei er sich nicht sicher, was Radio ist. Ich fand später heraus, daß das in gewisser Weise stimmte. Coffey wußte Dinge, wenn er damit konfrontiert wurde, doch zwischendurch vergaß er sie. Er kannte die Hauptpersonen von *Unser Sonntagsmädchen,* hatte aber nur eine äußerst verschwommene Erinnerung an den Inhalt der bisherigen Folgen der Serie.

»Wenn du dich ordentlich aufführst und die Mahlzeiten nimmst, wie sie dir aufgetischt werden, wirst du nie die Einzelzelle dort unten am fernen Ende sehen und auch nicht in eine Zwangsjacke gesteckt werden. Du wirst zwei Stunden am Nachmittag Hofgang haben, von vier bis sechs Uhr, mit Ausnahme der Samstage, wenn der Rest der Häftlinge die Footballspiele austrägt. Besuch kannst du an Sonntagnachmittagen haben, sofern du jemanden hast, der dich besuchen will. Hast du jemanden, der dich besucht, Coffey?«

Er schüttelte den Kopf. »Ich habe niemand, Boß«, sagte er.

»Nun, dann dein Anwalt.«

»Ich glaube, den sehe ich nie wieder«, sagte er. »Der wurde mir geliehen.«

»Ein Pflichtverteidiger?«

Er nickte. »Ich schätze, der wird den Weg hier herauf in die Berge nicht finden.«

Ich schaute ihn genauer an, um zu sehen, ob er einen kleinen Scherz versuchte, aber das war anscheinend nicht der Fall. Und ich hatte wirklich auch nichts anderes erwartet. Mit Berufungen war es nichts bei jemandem wie John Coffey, nicht zu dieser Zeit; die Anwälte hatten ihren Tag im Gericht – oder zwei oder drei –, und dann wurden die Klienten von der Welt vergessen, bis in der Zeitung stand, daß ein gewisser Typ ein wenig Elektrizität gegen Mitternacht verbraucht hatte. Aber ein Mann mit Frau, Kindern oder Freunden, der sich auf die Besuche an den Sonntagnachmittagen freut, war leichter zu disziplinieren, wenn es in diesem Punkt ein Problem gab. Bei Coffey gab es anscheinend kein Problem, und das war gut. Denn er war so verdammt groß.

Ich rutschte auf der Pritsche hin und her, und dann sagte ich mir, daß ich mich vielleicht behaglicher in meinen unteren Regionen fühlen würde, wenn ich aufstand, und so tat ich es.

Coffey wich respektvoll vor mir zurück und verschränkte die Hände.

»Deine Zeit hier kann leicht oder hart sein, großer Junge, es liegt ganz an dir. Ich bin hier, um dir zu sagen, daß du es für uns alle ebensogut leichtmachen könntest, denn letzten Endes kommt es auf das gleiche hinaus. Wir werden dich so behandeln, wie du es verdienst. Hast du noch irgendwelche Fragen?«

»Laßt ihr ein Licht an, wenn es Zeit zu schlafen ist?« fragte er prompt, als hätte er nur auf die Gelegenheit gewartet.

Ich blinzelte ihn an. Neuankömmlinge in Block E hatten mir viele komische Fragen gestellt – einer hatte sich nach der Größe der Brust meiner Frau erkundigt –, aber so etwas hatte noch keiner wissen wollen.

Coffey lächelte ein wenig verlegen, als ob er wüßte, daß wir ihn für blöde halten würden, aber nichts dafür konnte. »Weil ich manchmal ein bißchen Angst im Dunkeln habe«, sagte er. »Es ist ein fremder Ort.«

Ich schaute ihn an, diesen Riesen, und fühlte mich sonderbar gerührt. Sie rühren einen, wissen Sie; man sieht sie nicht, wenn das Schlechte in ihnen durchbricht, die Dämonen, die ihre Greueltaten begehen.

»Ja, es ist die ganze Nacht ziemlich hell hier«, sagte ich. »Die Hälfte der Lampen längs der Meile ist von neun Uhr abends bis fünf Uhr morgens an.« Dann wurde mir klar, daß er keine Ahnung hatte, wovon ich redete – er konnte die Grüne Meile nicht vom Mississippi-Schlamm unterscheiden –, und so klärte ich ihn auf. »Im Korridor.«

Er nickte erleichtert. Ich bin mir nicht sicher, ob er wußte, was ein Korridor war, aber er konnte die Zweihundert-Watt-Birnen in ihren Drahtkäfigen sehen.

Dann tat ich etwas, was ich noch nie bei einem Gefangenen getan hatte – ich reichte ihm die Hand. Selbst heute weiß ich nicht, warum. Vielleicht, weil er Angst vor der Dunkelheit gehabt hatte. Harry Terwilliger blinzelte verwundert, das kann ich Ihnen sagen. Coffey ergriff meine Hand mit überraschender Sanftheit. Meine Hand verschwand fast in seiner, und das war alles. Ich hatte eine weitere Motte in meiner Todesflasche. Wir hatten die Prozedur hinter uns.

Ich verließ die Zelle. Harry zog die Schiebetür zu und schloß beide Schlösser ab. Coffey stand noch einen Moment da, als wisse er nicht, was er tun sollte, dann setzte er sich auf seine Pritsche, verschränkte die gewaltigen Hände zwischen den Knien und senkte den Kopf wie jemand, der trauert oder betet. Dann sagte er etwas mit dieser sonderbaren Fast-Südstaatlerstimme. Ich hörte es ganz deutlich, und ich erschauerte, obwohl ich zu diesem Zeitpunkt nicht viel über seine Taten wußte – man braucht nicht zu wissen, was jemand getan hat, um ihn zu beköstigen und zu pflegen, bis es an der Zeit ist, daß er für seine Schuld bezahlt.

»Ich kann nichts dafür, Boß«, sagte er. »Ich wollte es zurückhalten, aber es war zu spät.«

3

»Du wirst Ärger mit Percy bekommen«, sagte Harry, als wir den Korridor entlang in mein Büro gingen. Dean Stanton – sozusagen der dritte Mann in meinem Führungsstab – in Wirklichkeit haben wir solche Rangfolge nicht; Percy Wetmore hätte sich mit seinen Beziehungen im Nu hineingedrängt – saß hinter meinem Schreibtisch und brachte Akten auf den neuesten Stand, ein Job, für den ich anscheinend nie Zeit hatte.

Er blickte kaum auf, als wir eintraten, rückte nur seine kleine Brille höher auf den Nasenrücken und vertiefte sich wieder in seine Schreibarbeit.

»Ich habe mit diesem Scheißer Ärger gehabt seit dem Tag, an dem er herkam«, sagte ich, lockerte vorsichtig die Hose von meinem Schritt und zuckte zusammen. »Hast du gehört, was er gerufen hat, als er diesen großen Kerl brachte?«

»Das war nicht zu überhören«, sagte Harry. »Ich war dabei, weißt du.«

»Ich war auf dem Klo und hörte es ebenfalls«, sagte Dean. Er zog ein Blatt Papier zu sich heran, hielt es gegen das Licht, so daß ich sehen konnte, daß außer Schreibmaschinenschrift ein Kaffeering darauf war, und warf es in den Papierkorb. »Wandelnde Leiche. Der muß das in einem der Magazine gelesen haben, die er so liebt.«

Und so war es vermutlich. Percy Wetmore war ein begeisterter Leser von *Argosy, Stag* und *Men's Adventure*. In jeder Ausgabe war anscheinend eine Gefängnisgeschichte, und Percy las sie begierig wie jemand, der Forschungen betreibt. Als ob er herauszufinden versuchte, wie er sich aufführen sollte. Er glaubte wohl die Anleitungen in diesen Magazinen zu finden. Ich hatte ihn seit vier Monaten bei mir – er war kurz nach der Hinrichtung von Anthony Ray, dem Killer mit der Axt, zu uns gekommen, und er hatte noch an keiner Hinrichtung teilgenommen, obwohl er einer vom Schaltraum aus beigewohnt hatte.

»Er kennt wichtige Leute«, sagte Harry. »Er hat Beziehungen. Du wirst dich verantworten müssen, weil du ihn aus dem Block geschickt hast, und es wird noch härter für dich, weil du von ihm erwartet hast, daß er richtig arbeitet.«

»Das habe ich nicht erwartet«, sagte ich, und das stimmte. Aber ich hatte es im stillen gehofft. Bill Dodge war nicht der Typ, der jemand herumstehen und bei schwerer Arbeit zuschauen ließ. »Ich habe im Augenblick mehr Interesse an dem großen Jungen. Werden wir Probleme mit ihm haben?«

Harry schüttelte entschieden den Kopf.

»Er war lammfromm im Gericht unten im Trapingus County«, sagte Dean. Er nahm die kleine randlose Brille ab und begann die Gläser an seiner Weste zu polieren. »Natürlich trug er jede Menge Ketten, aber er hätte Stunk machen können, wenn er das gewollt hätte, darauf kann ich wetten. Das ist ein Reim, Sohn.«

»Ich weiß«, sagte ich, obwohl mir der Reim nicht aufgefallen war. Ich hasse es einfach, wenn Dean Stanton den Überlegenen spielt.

»Der ist groß, wie?« sagte Dean.

»Das ist er«, stimmte ich zu. »Riesig.«

»Vermutlich müssen wir Old Sparky auf die höchste Stufe einstellen, um Coffeys Arsch zu braten.«

»Mach dir keine Sorgen um Old Sparky«, sagte ich geistesabwesend. »Er macht alle Großen klein.«

Dean massierte die Seiten seiner Nase, wo es feurig rote Flecken von seiner Brille gab, und nickte. »Ja«, sagte er. »Da ist was Wahres dran.«

Ich fragte: »Weiß einer von euch, woher er kam, bevor er in ... Tefton auftauchte? Es war doch Tefton, nicht wahr?«

»Ja«, sagte Dean. »Tefton, unten im Trapingus County. Bevor er dort auftauchte und tat, was er tat, hat ihn anscheinend keiner gekannt. Er trieb sich einfach herum, nehme ich an. Du wirst vielleicht etwas mehr aus den Zeitungen in der Gefängnisbücherei finden, wenn es dich wirklich interessiert. Die Bücherei zieht vermutlich nicht vor nächster Woche um.« Er grinste. »Du könntest deinen kleinen Freund vielleicht eine Etage über dir meckern und stöhnen hören.«

»Das sollte ich mir vielleicht mal ansehen«, sagte ich, und später am Nachmittag tat ich es.

Die Gefängnisbücherei war hinten in dem Gebäude, das die Autowerkstatt des Gefängnisses werden sollte – das war jedenfalls der Plan. Weiteres Schmiergeld für jemand, dachte ich insgeheim, aber wir hatten die Wirtschaftskrise, und ich behielt meine Meinung für mich – wie ich die Klappe über Percy hätte halten sollen, aber manchmal kann man sich einfach nicht zurückhalten. Mit dem Mundwerk handelt man sich meistens mehr Probleme ein als mit dem Schwanz. Die Autowerkstatt wurde übrigens nie realisiert – im nächsten Frühjahr wurde das Gefängnis fast hundert Kilometer entfernt nach Brighton verlegt. Wieder ein kleines Geschäft im Hinterzimmer, nehme ich an. Weiteres Schmiergeld. Nichts für mich.

Die Verwaltung war in ein neues Gebäude an der Ostseite des Hofs verlegt worden. Das Krankenrevier zog um (welcher Bauernlackel die Idee gehabt hatte, ein Krankenrevier in den zweiten Stock zu verlegen, war nur ein weiteres der Geheimnisse des Lebens).

In der Bücherei gab es noch einen Teil des Inventars – nicht, daß es jemals viel gegeben hätte –, aber sonst war sie ausgeräumt. Das alte Gebäude war eine heiße Holzbude, die sich zwischen den Blocks A und B drängte. Deren Toiletten befanden sich hinten im Block, und in der ganzen Bücherei roch es immer leicht nach Pisse, was vermutlich der einzige gute Grund für den Umzug war. Die Bücherei war ein L-förmiger Bau und nicht viel größer als mein Büro. Ich hielt nach einem Ventilator Ausschau, aber die waren alle schon abmontiert.

Es mußte um die vierzig Grad Celsius warm sein, und ich spürte ein heißes Pochen in meinem Unterleib, als ich mich setzte. Wie bei einem entzündeten Zahn. Ich weiß, das ist absurd, wenn man die Region bedenkt, von der wir hier reden, aber ich finde keinen anderen Vergleich. Es wurde viel schlimmer während und nach dem Pinkeln, was ich getan hatte, bevor ich zur Bücherei gegangen war.

Nur ein anderer Typ war dort, ein dürrer alter Kalfakter namens Gibbons. Er döste in einer Ecke mit einem Wildwestroman auf dem Schoß und der Mütze über den Augen. Die Hitze störte ihn ebensowenig wie das Ächzen und Poltern und die gelegentlichen Flüche aus dem Krankenrevier über der Bücherei (wo es mindestens zehn Grad heißer sein mußte; ich hoffte, Percy Wetmore genoß es).

Ich störte Gibbons ebenfalls nicht, sondern ging zur kurzen Seite des L, wo die Zeitungen und Zeitschriften aufbewahrt wurden. Ich befürchtete, daß sie schon mit den Ventilatoren abtransportiert worden waren, aber das waren sie nicht, und die Sache mit den Detterick-Zwillingen war leicht zu finden; sie hatte vom Tag nach dem Verbrechen im Juni an bis zum Prozeß im Juli auf den Titelseiten gestanden. Damals fanden die Prozesse viel früher statt.

Bald vergaß ich die Hitze und das Poltern von oben und Old Gibbons' Schnarchen. Der Gedanke an diese neunjährigen Mädchen – an ihr blondes lockiges Haar und ihr liebes Zwillingslächeln – im Zusammenhang mit dem riesigen finsteren Coffey war unangenehm, aber unmöglich zu ignorieren. Angesichts seiner Größe konnte man sich leicht vorstellen, daß er sie tatsächlich verschlungen hatte wie ein Riese in einem Märchen.

Was er getan hatte, war sogar noch schlimmer,

und es war Glück für ihn gewesen, daß er nicht gleich dort am Flußufer gelyncht worden war. Das heißt, wenn man es als Glück bezeichnen konnte, über die Grüne Meile zu gehen und sich auf Old Sparkys Schoß zu setzen.

4

König Baumwolle war im Süden siebzig Jahre vor all diesen Ereignissen entthront worden und würde nie wieder König sein, aber in jenen dreißiger Jahren lebte er wieder ein bißchen auf. Es gab keine großen Baumwollplantagen mehr, aber vierzig oder fünfzig gedeihende Farmen im südlichen Teil unseres Staates. Klaus Detterick besaß eine dieser Farmen. Nach dem Standard der 1950er Jahre hätte man ihn nur eine Stufe über bettelarm betrachtet, doch in den Dreißigern galt er als wohlhabend, weil er seine Rechnung beim Kaufmann an den meisten Monatsenden in bar bezahlte und dem Bankdirektor in die Augen schauen konnte, wenn sie sich zufällig auf der Straße begegneten. Das Farmhaus war sauber und geräumig. Zusätzlich zur Baumwolle gab es Hühner und ein paar Kühe. Klaus Detterick und seine Frau hatten drei Kinder: Howard, der zwölf oder so war, und die Zwillinge Cora und Kathe.

An einem warmen Abend Anfang Juni dieses Jahres baten die Mädchen ihre Eltern, auf der Veranda an der Seite des Hauses zu schlafen, und sie erhielten die Erlaubnis. Dies war ein großes Abenteuer für sie. Ihre Mutter gab ihnen kurz vor neun Uhr den Gutenachtkuß, als das letzte Licht am Himmel erloschen war. Sie sah die Mädchen erst wieder, als sie in ihren Särgen lagen und der Leichenbestatter den schlimmsten Schaden kaschiert hatte.

Landfamilien gingen in jenen Tagen früh zu Bett – ›wenn es dunkel unter dem Tisch wird‹, pflegte meine Mutter zu sagen – und schliefen tief und fest. Gewiß taten das Klaus, Marjorie und Howie Detterick in der Nacht, in der die Zwillinge verschwanden. Klaus wäre mit an Sicherheit grenzender Wahrscheinlichkeit von Bowser, dem großen Halbblut-Collie der Familie, geweckt worden, wenn er gebellt hätte, aber Bowser tat das nicht. Nicht in dieser Nacht und niemals wieder.

Klaus stand beim ersten Tageslicht auf, um die Kühe zu melken. Die Veranda befand sich an der Seite des Hauses, dem Stall abgewandt, und Klaus kam nicht in den Sinn, nach den Mädchen zu schauen. Daß Bowser sich nicht zu ihm gesellte, war nicht alarmierend. Der Hund fühlte sich erhaben über Kühe und Hühner, und für gewöhnlich versteckte er sich in seiner Hundehütte hinter dem Stall, wenn die Arbeiten erledigt wurden, es sei denn, er wurde gerufen, aber das mußten schon energische Rufe sein.

Marjorie kam ungefähr eine Viertelstunde nach ihrem Mann nach unten, nachdem ihr Mann seine Stiefel angezogen hatte und zum Stall gestampft war. Sie machte Kaffee und briet Speck. Der Geruch von Speck und Kaffee lockte Howie aus seinem Zimmer unter dem Dach herunter, aber nicht die Mädchen von der Veranda. Marjorie schickte Howie hinaus, um sie zu holen, während sie Eier in das Fett des Specks schlug. Klaus würde die Mädchen nach dem Frühstück frische Eier aus dem Hühnerstall holen lassen.

Doch an diesem Morgen wurde im Haus der Dettericks nicht gefrühstückt. Als Howie von der Veranda zurückkehrte, war er bleich, und seine zuvor schläfrigen Augen waren weit aufgerissen.

»Sie sind weg«, sagte er.

Marjorie eilte auf die Veranda, zuerst ärgerlich, dann beunruhigt. Sie sagte später, sie habe, wenn sie überhaupt etwas dachte, angenommen, daß die Mädchen einen Spaziergang in der Morgendämmerung gemacht hätten, um Blumen zu pflücken. Das oder etwas ähnlich Dummes, was so junge Mädchen treiben. Ein Blick, und sie erkannte, warum Howie totenbleich war.

Sie schrie nach Klaus – schrie gellend –, und Klaus eilte im Laufschritt zu ihr. Seine Arbeitsstiefel waren weiß, weil er bei dem schrecklichen Schrei einen halben Eimer Milch darüber verschüttet hatte. Er fand auf der Veranda etwas, bei dem die Beine der tapfersten Eltern weich geworden wären. Die Decken, in die sich die Mädchen gehüllt hatten, als die Nacht kälter geworden war, lagen in einer Ecke. Die Tür der Gitterwand um die Veranda war mit Gewalt aus der oberen Angel gerissen worden und hing schief in den Hof. Und auf den Brettern der Veranda und der Treppe jenseits der zerstörten Tür waren Blutflecken.

Marjorie flehte ihren Mann an, die Mädchen nicht allein zu suchen und nicht ihren Sohn mitzunehmen, wenn er doch losziehen wollte, aber sie hätte sich den Atem sparen können. Er nahm die Schrotflinte, die er in der Abstellkammer hoch oben außer Reichweite kleiner Hände aufbewahrte, und gab Howie den .22er, den er zu seinem Geburtstag im Juli hätte bekommen sollen. Dann zogen sie los, und keiner von beiden beachtete die schreiende, weinende Frau, die wissen wollte, was sie tun würden, wenn sie auf eine Bande von Landstreichern oder eine Horde bösartiger Nigger stießen, die von der Erziehungsanstalt drüben in Laduc geflüchtet sein mochte. Ich denke, in diesem Punkt hatten die Männer recht. Das Blut auf der Veranda war nicht mehr flüssig, aber es war noch zäh und eher rot als kastanienbraun, wie es wird, wenn es ganz getrocknet ist. Die Entführung mußte vor nicht allzu langer Zeit stattgefunden haben. Klaus mußte sich gesagt haben, daß noch eine Chance für die Mädchen bestand, und er wollte sie nutzen.

Keiner der beiden verstand etwas vom Spurenlesen – sie waren Sammler, keine Jäger, Männer, die in den Wäldern in der Saison mit auf die Jagd nach Rotwild gingen, weil man es von ihnen erwartete, nicht, weil sie es sich wünschten. Und rings um das Farmhaus gab es im Dreck Spuren, die sich alle in einem für sie undeutbaren Gewirr überlappten. Sie gingen um den Stall herum und sahen sofort, warum Bowser, ein schlechter Beißer, aber guter Beller, keinen Alarm geschlagen hatte. Er hing halb in und halb aus der Hundehütte, die aus übriggebliebenen Stallbrettern gebaut worden war (es war sogar ein Schild mit der sorgfältig gemalten Aufschrift *Bowser* über der gewölbten Öffnung der Hundehütte – ich sah ein Foto davon in einer der Zeitungen), und sein Genick war gebrochen. Es bedurfte gewaltiger Kraft, um einem so großen Tier das anzutun, sagte der Ankläger später vor der Jury bei John Coffeys Prozeß, und dann schaute er lange und bedeutungsvoll auf den riesigen Angeklagten, der hinter dem Tisch der Verteidigung saß, den Blick niedergeschlagen hatte und nagelneue Sträflingskleidung trug, die an sich schon wie eine Verdammung wirkte.

Neben dem Hund fanden Klaus und Howie ein Stück Wurst. Die Theorie – eine vernünftige, daran habe ich keinen Zweifel – besagte, daß Coffey zuerst den Hund mit der Wurst geködert und ihm dann, als er zu fressen begonnen hatte, das Genick mit seinen mächtigen Pranken gebrochen hatte.

Jenseits des Stalls erstreckte sich Dettericks Nordweide, auf der an diesem Tag keine Kühe weiden würden. Sie war naß vom Morgentau, und darin waren Spuren zu sehen, die offenbar nach Nordwesten führten.

Selbst in seiner fast hysterischen Verfassung zögerte Klaus Detterick zuerst, der Spur zu folgen. Es war keine Furcht vor dem Mann oder den Männern, die seine Töchter entführt hatten, sondern die Besorgnis, daß er den Spuren in der falschen Richtung folgte, während vielleicht jede Sekunde zählte.

Howie löste das Dilemma, indem er einen Fetzen gelben Baumwollstoff von einem Busch gleich hinter dem Rand des Hofes pflückte. Man zeigte Klaus denselben Fetzen, als er auf der Zeugenbank saß, und er begann zu heulen, als er ihn als ein Stück von der Pyjamahose seiner Tochter Kathe identifizierte. Zwanzig Schritte jenseits davon hing auf einem Wacholderstrauch ein grünes Stoffstück, das zu Coras Nachthemd paßte, das sie getragen hatte, als sie ihren Eltern den Gutenachtkuß gegeben hatte.

Die Dettericks, Vater und Sohn, liefen los mit vorgereckten Waffen wie Soldaten, wenn sie umkämpftes Gebiet unter heftigem Beschuß durchqueren. Wenn mich irgend etwas an den Ereignissen dieses Tages erstaunt, dann die Tatsache, daß der Junge, der verzweifelt hinter seinem Vater her hetzte (und oftmals kaum Anschluß halten konnte), nicht stürzte und Klaus Detterick aus Versehen eine Kugel in den Rücken schoß.

Das Farmhaus war ans Telefonnetz angeschlossen – ein anderes Anzeichen für die Nachbarn, daß die Dettericks wohlhabend waren, wenigstens in bescheidenem Maße in miserablen Zeiten –, und Marjorie rief über die Vermittlung so viele der Nachbarn an, die ebenfalls Telefon hatten, wie sie nur konnte. Sie erzählte von der Katastrophe, die wie ein Blitz aus heiterem Himmel über sie gekommen war. Sie wußte, daß jeder Anruf größere Kreise ziehen würde, als ob Kiesel in einen stillen Teich geworfen wurden. Dann hob sie den Hörer ein letztes Mal ab und sprach die Worte, die fast ein Markenzeichen in den frühen Telefonsystemen waren, jedenfalls im ländlichen Süden: »Hallo, Vermittlung, sind Sie in der Leitung?«

Die Lady von der Vermittlung war es, aber

einen Augenblick lang war sie sprachlos; die wackere Frau war ganz aus dem Häuschen. Schließlich fand sie die Sprache wieder. »Ja, Ma'am, Mrs. Detterick, ich bin es, o mein Gott, ich bete, daß Ihre kleinen Mädchen wohlauf sind …«

»Ja, danke«, sagte Marjorie. »Aber sagen Sie Gott, daß er bitte lange genug wartet, damit Sie mich mit dem Sheriff's Office in Tefton verbinden können, ja?«

Der Sheriff des Trapingus County war ein alter Knabe mit Säufernase, einem Bauch wie eine Waschtonne und mit weißem Haar, das so dünn war, daß es wie der Flaum eines Pfeifenreinigers aussah. Ich kannte ihn gut; er war oft in Cold Mountain gewesen, um zuzusehen, wie ›seine Jungs‹ ins Jenseits gingen. Zeugen der Hinrichtung saßen auf den gleichen Klappstühlen, auf denen Sie vielleicht auch schon gesessen haben, bei Beerdigungen oder bei Kirchenfeiern oder Bingospielen auf dem Land (wir mieteten sie in jenen Tagen bei einem Verleih), und jedesmal, wenn Sheriff Homer Cribus sich auf einen solchen Klappstuhl setzte, wartete ich auf ein Knacken, das ein Zusammenkrachen ankündigen würde. Ich befürchtete und wartete zugleich darauf, daß der Klappstuhl zusammenbrechen würde, aber dieser Tag kam niemals. Kurze Zeit danach – es kann nicht länger als einen Sommer nach der Entführung der Detterick-Mädchen gewesen sein – erlitt der Sheriff einen Herzanfall in seinem Büro, offenbar, während er ein siebzehnjähriges schwarzes Mädchen namens Daphne

Shurtleff vögelte. Es gab viel Gerede darüber, denn er zeigte sich immer vor der Wahl mit seiner Frau und sechs Söhnen – das war die Zeit, in der man ›Baptist oder weg vom Fenster war‹, wenn man für ein öffentliches Amt kandidieren wollte. Aber die Leute lieben einen Scheinheiligen, wissen Sie – sie erkennen einen der ihren darin und fühlen sich immer gut, wenn jemand mit Hose runter, Pimmel rauf erwischt wird und sie es nicht selbst sind.

Er war außer scheinheilig auch unfähig und der Typ, der sich beim Streicheln der Katze irgendeiner Lady fotografieren ließ, wenn ein anderer – zum Beispiel Deputy Rob McGee – seine Knochen riskiert hatte, indem er auf den Baum geklettert war und die Pussycat der Lady heruntergeholt hatte.

McGee hörte sich Marjorie Dettericks gestammelte Worte vielleicht zwei Minuten lang an, und dann unterbrach er sie mit vier oder fünf Fragen – schnell und knapp, wie ein trainierter Boxer kleine kurze Geraden zum Gesicht tupft, die Art Treffer, die so fix und hart sind, daß Blut läuft, bevor der Gegner etwas spürt.

Als sie die Fragen beantwortet hatte, sagte er: »Ich rufe Bobo Marchant. Der hat Hunde. Sie rühren sich nicht von der Stelle, Mrs. Detterick. Wenn Ihr Mann und Ihr Sohn zurückkehren, sollen sie sich ebenfalls nicht vom Fleck rühren.«

Ihr Mann und ihr Sohn waren unterdessen der Spur des Entführers ungefähr drei Meilen nach Nordwesten gefolgt, aber sie verloren die Fährte, als sie aus dem freien Gelände in den Kiefernwald führte. Sie waren Farmer, keine Jäger, wie ich schon sagte, und inzwischen wußten sie, daß sie hinter einem Tier her waren. Unterwegs hatten sie das gelbe Oberteil von Kathes Pyjama gefunden und ein weiteres Stück von Coras Nachthemd. Beide Stücke waren blutgetränkt, und weder Klaus noch Howie hatten es so eilig wie zu Beginn der Verfolgung; eine kalte Gewißheit mußte in ihre heißen Hoffnungen gesickert und hinabgesunken sein wie kaltes Wasser, weil es schwerer ist.

Sie warfen einen Blick in den Wald, hielten Ausschau nach Anzeichen auf die Mädchen, fanden keine, warfen an einer anderen Stelle einen zweiten Blick in den Wald, ebenso ohne Resultat, und dann einen dritten. Diesmal fanden sie Blutspritzer auf den Nadeln einer Kiefer. Sie gingen ein Stück in die Richtung, in die das Blut zu weisen schien, und begannen die Prozedur mit dem Blickewerfen von neuem.

Es war inzwischen neun Uhr, und hinter sich hörten sie jetzt die Rufe von Männern und das Bellen von Hunden.

Rob McGee hatte eine Posse in der Zeit zusammengestellt, die Sheriff Cribus gebraucht hätte, um eine erste Tasse Kaffee mit Brandy zu trinken, und eine Viertelstunde später holten sie Klaus und Howie Detterick ein, die verzweifelt den Waldrand absuchten. Bald zogen die Männer weiter, und Bobos Hunde führten sie an. McGee ließ Klaus und Howie mitkommen – sie wären nicht umgekehrt, wenn er es befohlen hätte, ganz gleich, wie sehr sie das Ergebnis der Suche fürchteten, und McGee mußte das erkannt haben –, aber er ließ sie ihre Waffen entladen. McGee behauptete, die anderen hätten das ebenfalls getan, der Sicherheit wegen. Er sagte ihnen nicht (und keiner sonst klärte sie auf), daß die Dettericks die einzigen waren, die ihre Munition dem Deputy hatten aushändigen müssen. Die Dettericks waren aufgewühlt und hatten nur den Wunsch, den Alptraum hinter sich zu bringen, und so taten sie, was von ihnen verlangt wurde.

Als Rob McGee die Dettericks dazu brachte, ihre Waffen zu entladen und die Patronen abzuliefern, rettete er vermutlich John Coffeys elendes Leben.

Die kläffenden Hunde zogen sie durch vielleicht zwei Meilen Kiefernwald, immer weiter nach Nordwesten. Dann gelangten sie an das Ufer des Trapingus River, der an dieser Stelle breit ist und langsam ostwärts durch niedrige, bewaldete Hügel fließt, wo Familien namens Cray und Robinette und Duplissey immer noch eigene Mandolinen herstellten und oftmals aus verfaulten Zähnen spuckten, während sie pflügten; es war tiefste Provinz, wo Männer am Sonntagmorgen Schlangen fingen und in der Sonntagnacht Geschlechtsverkehr mit ihren Töchtern hatten. Ich kannte ihre Familien; die meisten davon hatten Old Sparky von Zeit zu Zeit eine Mahlzeit geschickt.

Am anderen Ufer des Flusses konnten die Männer der Posse die Schienen einer Nebenlinie der Great Southern Railroad sehen, auf denen sich die Junisonne spiegelte. Ungefähr anderthalb Meilen flußabwärts zu ihrer Rechten führte eine Bockbrücke über den Fluß zum Kohlenrevier von West Green.

Dort fanden sie einen großen zertrampelten Fleck im Gras und zwischen niedrigen Büschen, und der Fleck war so blutig, daß viele der Männer in den Wald zurückliefen und ihr Frühstück von sich gaben. Sie fanden auch den Rest von Coras Nachthemd auf dieser blutigen Stelle, und Howie, der sich bis zu diesem Zeitpunkt bewundernswert gehalten hatte, prallte zurück gegen seinen Vater und wurde fast ohnmächtig.

Und hier hatten Bobo Marchants Hunde die erste und einzige Meinungsverschiedenheit an diesem Tag. Es waren insgesamt sechs, zwei Bluthunde, zwei Schäferhunde und zwei terrierartige Bastardhunde. Die Bastardhunde wollten nach Nordwesten, am Trapingus River entlang flußaufwärts, und der Rest wollte in die andere Richtung, nach Südosten. Alle verhedderten sich in ihren Leinen, und obwohl über diesen Teil nichts in den Zeitungen stand, kann ich mir die wilden Flüche vorstellen, die Bobo auf sie niederprasseln ließ, während er seine Hände benutzte – sie waren zweifellos seine große Stärke –, um die Leinen zu entwirren. Ich habe ein paar Hundeführer gekannt in meinem Leben, und nach meiner Erfahrung entsprechen sie bemerkenswerterweise alle einem bestimmten Typus.

Bobo stoppte sie an kurzen Leinen und hielt ihnen das Stück von Cora Dettericks Nachthemd unter die Nasen, um sie daran zu erinnern, was sie an einem Tag hier draußen taten, an dem es gegen Mittag um die vierzig Grad Celsius heiß sein würde und die Mücken bereits in Schwärmen um die Köpfe der Possebeteiligten schwirrten. Die Hunde schnüffelten noch einmal, stimmten mit Gebell ab, welche Richtung sie wählen sollten, und dann zogen sie alle flußabwärts.

Zehn Minuten später blieben die Männer plötzlich stehen, denn sie hörten auf einmal mehr als nur das Kläffen der Hunde. Es war mehr ein Heulen als ein Bellen, ein Geräusch, das kein Hund jemals von sich gegeben hatte, nicht einmal in größter Not vor dem Sterben. Es waren Laute, die keiner der Männer jemals von *irgend etwas* gehört hatte, aber es war ihnen allen sofort klar, daß sie von einem Menschen stammten. Das sagten sie jedenfalls, und ich glaubte ihnen. Ich glaube, ich hätte es ebenfalls erkannt. Ich habe Menschen auf ihrem Weg zu dem elektrischen Stuhl so schreien gehört. Nicht viele – die meisten verschließen sich und gehen entweder still oder scherzen, als wäre es ein Klassenausflug –, aber ich habe ein paar erlebt. Für gewöhnlich diejenigen, die glauben, daß die Hölle ein realer Ort ist, und wissen, daß sie am Ende der Grünen Meile auf sie wartet.

Bobo nahm seine Hunde wieder an die kurze Leine. Sie waren wertvoll, und er wollte sie nicht an den Psychopathen verlieren, der heulend und sabbernd dort am Flußufer hockte. Die anderen Männer luden ihre Waffen durch und packten sie fester. Dieses Heulen hatte sie alle erschauern lassen, und der Schweiß unter ihren Achseln und auf dem Rücken fühlte sich an wie Eiswasser.

Wenn Männer so erschauern, brauchen sie einen Führer, um den Weg fortzusetzen, und Deputy McGee übernahm diese Rolle. Er trat an die Spitze und ging forsch (ich wette, er fühlte sich in diesem Augenblick jedoch ganz anders) zu einer Gruppe Erlen, die zur Rechten aus dem Wald ragte, und der Rest folgte ihm nervös mit fünf Schritten Abstand. McGee verharrte nur einmal, und zwar, um dem größten der Männer – Sam Hollis – einen Wink zu geben, nahe bei Klaus Detterick zu bleiben.

Auf der anderen Seite der Erlen gab es eine Lichtung bis zum Waldrand zur Rechten. Links war der lange, sanft abfallende Hang des Flußufers. Alle stoppten auf der Stelle, wie vom Blitz getroffen. Ich nehme an, sie hätten viel dafür gegeben, nicht sehen zu müssen, was da vor ihnen war, und keiner von ihnen würde es jemals vergessen, es war die Art Alptraum, die jenseits der Vorgänge von gutem und normalem Leben liegt – Abendgottesdienste, Spaziergänge auf dem Land, ehrliche Arbeit, Küsse der Liebe im Bett. Jeder Mensch hat einen Totenschädel in sich, und ich sage Ihnen, daß ein Totenkopf in den Leben aller Menschen ist. Sie sahen es an diesem Tag, diese Männer – sie sahen, was manchmal hinter dem Lächeln grinst.

Auf dem Flußufer saß in einer verwaschenen, blutbefleckten Latzhose der größte Mann, den sie jemals gesehen hatten – John Coffey. Seine gewaltigen Plattfüße waren nackt. Er trug ein verblichenes rotes Kopftuch, wie es Frauen vom Land tragen, wenn sie zur Kirche gehen. Mücken schwirrten in einer dunklen Wolke um ihn herum.

In jedem Arm hielt er die Leiche eines nackten Mädchens. Ihr blondes Haar, einst lockig und leicht und seidig, klebte jetzt verfilzt und blutig an ihren Köpfen. Der Mann, der sie hielt, heulte den Himmel an wie ein mondsüchtiges Kalb, Tränen rannen über seine dunkelbraunen Wangen, und sein Gesicht war vor Schmerz und Trauer verzerrt. Er atmete stoßweise, seine Brust hob sich, bis sich die Träger der Latzhose spannten, und dann stieß er die angestaute Luft aus, um wieder langgezogen zu heulen. So oft liest man in der Zeitung: ›Der Killer zeigte keine Reue‹, aber das war hier nicht der Fall. Es zerriß John Coffey fast, was er angerichtet hatte – aber er würde leben. Die Mädchen nicht. Sie waren auf schwerwiegendere Art und Weise zerrissen worden.

Keiner wußte später zu sagen, wie lange sie dort standen und auf den heulenden Mann starrten, der seinerseits über den Fluß hinweg zu einem Zug auf der anderen Seite schaute, der auf die Brücke zu fuhr, die das Wasser überspannte. Es war, als ob sie eine Stunde lang oder ewig hinschauten und sich der Zug trotzdem nicht weiterbewegte. Er schien auf der Stelle zu treten wie ein Kind bei einem Wutanfall, und die Sonne verschwand nicht hinter einer Wolke, und der grauenvolle Anblick wurde nicht vor ihren Augen ausgelöscht.

Er war dort vor ihnen, so real wie ein Hundebiß. Der schwarze Mann wiegte sich auf und ab, und Cora und Kathe schaukelten mit ihm vor und zurück wie Puppen in den Armen eines Riesen. Die Muskeln der blutbefleckten gewaltigen Arme des Mannes spannten sich, entspannten sich, spannten sich, entspannten sich, spannten sich, entspannten sich.

Es war Klaus Detterick, der die makabre Idylle zerstörte. Schreiend warf er sich auf das Monster, das seine Töchter vergewaltigt und ermordet hatte. Sam Hollis kannte seinen Job und versuchte sein Bestes, doch er schaffte es nicht. Er war gut einen Kopf größer als Klaus und mindestens siebzig Pfund schwerer, aber Klaus schüttelte scheinbar mühelos seine Arme ab, mit denen er ihn festhalten wollte.

Klaus flog förmlich auf Coffey zu und versetzte ihm noch im Flug einen Tritt an den Kopf. Sein Arbeitsstiefel, bedeckt mit verschütteter Milch, die in der Wärme bereits sauer geworden war, traf Coffeys linke Schläfe, doch Coffey schien überhaupt nichts zu spüren. Er saß nur da, stieß ein klagendes Heulen aus, wiegte sich vor und zurück und schaute über den Fluß. Ich stelle mir vor, daß er fast wie ein Bild aus einem Bibeldruck wirkte, der getreue Anhänger des Kreuzes, der durch einen Kiefernwald zum Gelobten Land schaut – wenn nicht die Leichen auf seinen Armen gewesen wären.

Vier Männer mußten den hysterischen Farmer von John Coffey zurückreißen, und er versetzte Coffey ich weiß nicht wie viele harte Schläge, bis sie es schließlich geschafft hatten, ihn zu bändigen. Coffey war es anscheinend gleichgültig, ob er angegriffen wurde oder nicht; er schaute einfach weiter über den Fluß hinweg und wehklagte.

Detterick verlor alle Energie, als er schließlich von Coffey weggezerrt wurde, als ob eine sonderbare elektrisierende Strömung durch den riesigen schwarzen Mann hindurchgelaufen wäre (ich neige dazu, in elektrischen Metaphern zu denken; verzeihen Sie mir), und als Dettericks Kontakt mit dieser Energiequelle schließlich unterbrochen wurde, erschlaffte er wie ein Mann, der einen Stromschlag abbekommen hatte, sank am Flußufer auf die Knie, schlug die Hände vors Gesicht und schluchzte. Howie kniete sich neben ihn, und sie umarmten sich, Stirn an Stirn.

Zwei Männer paßten eine Weile auf sie auf, während der Rest einen waffenstarrenden Ring um den auf und ab schaukelnden, wehklagenden Schwarzen bildete. Er nahm anscheinend immer noch nicht wahr, daß außer ihm jemand da war. McGee schritt näher zu ihm, trat unsicher von einem Fuß auf den anderen und ging dann in die Hocke.

»Mister«, sagte er mit ruhiger Stimme, und Coffey verstummte sofort. McGee schaute in Augen, die vom Heulen blutunterlaufen waren. Diese Augen weinten und blickten dennoch irgendwie teilnahmslos, distanziert und gelassen. Ich fand bei Coffeys Einlieferung, es waren die sonderbarsten Augen, die ich jemals gesehen hatte, und McGee hatte damals vor mir dasselbe empfunden.

»Wie die Augen eines Tiers, das noch nie einen

Menschen gesehen hat«, sagte er einem Reporter kurz vor dem Prozeß.

»Mister, hörst du mich?« fragte McGee.

Langsam nickte Coffey. Immer noch hielt er seine entsetzlichen Puppen auf den Armen. Ihr Kinn war auf die Brust gesunken, so daß ihr Gesicht nicht zu sehen war, eine der wenigen Barmherzigkeiten, die Gott an diesem Tag gewährte.

»Hast du einen Namen?« fragte McGee.

»John Coffey«, sagte er mit schwerer, tränenerstickter Stimme. »Coffey wie das Getränk, nur anders geschrieben.«

McGee nickte und wies dann auf den Latz von Coffeys Hose, der gewölbt war. Es sah aus, als ob Coffey darin eine Waffe hatte – nicht, daß ein Mann von Coffeys Größe eine Feuerwaffe brauchte, um einigen größeren Schaden anzurichten, wenn er sich entschied loszulegen. »Was ist da drin, John Coffey? Vielleicht ein Ballermann? Eine Pistole?«

»Nein, Sir«, sage Coffey mit seiner schweren Stimme, und mit diesen sonderbaren Augen – mit Tränen gefüllt und mit schmerzlichem Ausdruck an der Oberfläche, distanziert und unheimlich gelassen darunter, als ob der wahre John Coffey woanders wäre, zu einer anderen Landschaft schaute, wo ermordete kleine Mädchen kein Grund zur Aufregung waren – blickte er Deputy McGee ständig an. »Das ist nur ein kleines Mittagessen.«

»So, ein kleines Mittagessen, richtig?« fragte McGee, und Coffey nickte und sagte: »Jawohl,

Sir«, und aus seinen Augen rannen Tränen, und aus seiner Nase lief Rotz.

»Und wo bekommen Leute wie du ein kleines Mittagessen her, John Coffey?« McGee zwang sich, ruhig zu sein, obwohl er jetzt die Mädchen riechen konnte und die Fliegen über die Stellen der Leichen kriechen sah, die noch feucht waren. Der Anblick der Haare der toten Mädchen war am schlimmsten, sagte er später, und das stand in keiner Zeitung; man hielt es für zu gräßlich, um es zu veröffentlichen.

Ich erfuhr es von dem Reporter, der die Geschichte geschrieben hatte. Ich besuchte ihn später, als John Coffey eine Art Besessenheit für mich wurde. McGee sagte diesem Reporter, daß das blonde Haar der Mädchen nicht mehr blond gewesen war. Es war kastanienbraun. Blut war aus dem Haar ihre Wangen hinabgelaufen wie bei schlechtem Haarefärben, und man brauchte kein Arzt zu sein, um zu sehen, daß ihre Schädel mit der Kraft dieser gewaltigen Arme zusammengeschlagen worden waren. Vielleicht hatten sie geschrien. Vielleicht hatte er sie zum Verstummen bringen wollen. Wenn die Mädchen Glück gehabt hatten, dann war das *vor* den Vergewaltigungen geschehen.

Ein solcher Anblick macht es schwer für einen, klar zu denken, sogar für einen Mann, der so entschlossen war, seine Pflicht zu tun, wie Deputy McGee. Unklares Denken konnte zu Fehlern und vielleicht zu noch mehr Blutvergießen führen. McGee atmete tief durch und beruhigte sich. Er versuchte es jedenfalls.

»Sir, ich erinnere mich nicht genau, woher ich das Essen habe, fällt mir nicht ein«, sagte John Coffey mit tränenerstickter Stimme, »aber es ist ein kleines Mittagessen, das stimmt, Brötchen und ich glaube eine Essiggurke.«

»Ich möchte mir das selbst ansehen, wenn es dir nichts ausmacht«, sagte McGee. »Beweg dich jetzt nicht, John Coffey. Tu es nicht, Junge, denn es zielen genug Waffen auf dich, um dich von der Hüfte an aufwärts verschwinden zu lassen, wenn du auch nur mit einem Finger zuckst.«

Coffey schaute über den Fluß hinweg und ließ McGee reglos gewähren, als er vorsichtig in den Latz griff und etwas hervorzog, das in Zeitungspapier gewickelt und mit einem Bindfaden verschnürt war. McGee entfernte den Bindfaden und schlug das Zeitungspapier auf, obwohl er ziemlich überzeugt war, daß es genau das enthielt, was Coffey gesagt hatte – ein kleines Mittagessen. Da waren ein Brötchen mit Schinkenspeck und Tomatenscheiben und ein Marmeladenbrötchen. Ebenfalls eine Gurke, eingewickelt in die Comicseite, deren Inhalt John Coffey niemals kapiert hätte. Keine Würstchen. Bowser hatte die Würstchen von John Coffeys kleinem Mittagessen bekommen.

McGee reichte das Mittagessen über die Schulter zu einem der anderen Männer, ohne den Blick von Coffey zu nehmen. Er war zu nahe bei dem schwarzen Riesen, um sich erlauben zu dürfen, auch nur eine Sekunde in seiner Aufmerksamkeit nachzulassen. Das Mittagessen, wieder eingepackt und mit dem Bindfaden verschnürt, landete schließlich bei Bobo Marchant, der es in seinem Rucksack verstaute, in dem er Happen für seine Hunde aufbewahrte (und ein paar Köder zum Angeln, das hätte mich jedenfalls nicht gewundert). Es wurde nicht als Beweismittel beim Prozeß verwendet – die Justiz in diesem Teil der Welt ist schnell, aber nicht so schnell, wie ein Schinkenspeck-Tomaten-Brötchen verdirbt –, aber es gab Fotos davon.

»Was ist hier passiert, John Coffey?« fragte McGee mit seiner tiefen, ernsten Stimme. »Willst du mir das erzählen?«

Und Coffey sagte zu McGee und den anderen fast genau das gleiche, was er zu mir sagte; es waren auch die letzten Worte, die der Verteidiger der Jury bei Coffeys Prozeß sagte: »Ich konnte nichts dafür«, sagte John Coffey mit den ermordeten, geschändeten nackten Mädchen auf seinen Armen. Tränen rannen wieder über seine Wangen. »Ich versuchte es aufzuhalten, aber es war zu spät.«

»Junge, du bist unter Mordverdacht verhaftet«, sagte McGee, und dann spuckte er John Coffey ins Gesicht.

Die Geschworenen zogen sich eine Dreiviertelstunde zurück. Gerade genug Zeit, um etwas zu Mittag zu essen. Ich frage mich, ob sie Appetit hatten.

5

Ich denke, Sie wissen, daß ich all das nicht an einem heißen Oktobernachmittag in der bald nicht mehr existierenden Gefängnisbücherei herausfand, aus alten Zeitungen in ein paar Orangenkartons, aber ich erfuhr genug, um an diesem Abend keinen Schlaf zu finden. Als meine Frau um zwei Uhr morgens aufstand und mich in der Küche sitzen sah, wo ich Buttermilch trank und eine selbstgedrehte Zigarette rauchte, fragte sie mich, was los wäre, und ich belog sie, eines der wenigen Male in unserer langen Ehe. Ich sagte, ich hätte wieder mal Krach mit Percy Wetmore gehabt. Das stimmte natürlich, aber das war nicht der Grund, weshalb ich noch so spät auf war. Für gewöhnlich konnte ich die Gedanken an Percy im Büro zurücklassen.

»Nun, vergiß diesen faulen Apfel und komm ins Bett«, sagte meine Frau. »Ich habe etwas, das dir beim Einschlafen helfen wird, und du kannst soviel davon haben, wie du willst.«

»Das klingt gut, aber ich denke, wir lassen das besser«, sagte ich. »Mein Wasserwerk ist nicht in Ordnung, und ich möchte dich nicht anstecken.«

Sie hob eine Augenbraue. »Wasserwerk? Ich nehme an, du hast dir das von einer Nutte geholt, als du beim letzten Mal in Baton Rouge warst.« Ich war nie in Baton Rouge und habe folglich dort auch keine Nutte angerührt, und wir beide wußten das.

»Es ist nur eine einfache Blaseninfektion«,

sagte ich. »Meine Mutter pflegte zu sagen, Jungen holen sich die beim Pinkeln, wenn der Nordwind bläst.«

»Deine Mutter pflegte auch den ganzen Tag im Haus zu bleiben, wenn sie etwas Salz verschüttet hatte«, erwiderte meine Frau. »Dr. Sadler ...«

»Nein«, unterbrach ich mit erhobener Hand. »Er wird mir Sulfat verordnen, und bis zum Wochenende werden alle Ecken meines Büros vollgekotzt sein. Ich werde den Dingen ihren Lauf lassen, aber unterdessen halte ich es für besser, daß wir uns vom Spielplatz fernhalten.«

Sie gab mir einen Kuß auf die Stirn, gleich über meiner linken Augenbraue, was immer ein Kribbeln bei mir hervorruft, wie Janice nur zu gut weiß. »Armes Baby. Als ob dieser schreckliche Percy Wetmore nicht reicht. Komm bald ins Bett.«

Das tat ich, aber vorher trat ich auf die hintere Veranda hinaus, um mich zu erleichtern (und ich prüfte vorher mit angefeuchtetem Finger die Windrichtung; was uns unsere Eltern sagen, wenn wir klein sind, bleibt selten unbeachtet, ganz gleich, wie albern es sein mag). Das Pinkeln im Freien ist eine der Freuden des Landlebens, die sich bei den Poeten nie ganz herumgesprochen hat, aber in dieser Nacht war es keine Freude; das Wasser, das aus mir rann, brannte wie ein Strahl von brennendem Petroleum. Aber ich dachte, es wäre an diesem Nachmittag noch ein bißchen schlimmer gewesen, und ich wußte, daß es vor zwei oder drei Tagen schlimmer gewesen war. Ich hoffte, daß ich auf dem Wege der Besserung war. Niemals war eine Hoffnung unbegründeter. Keiner hatte mir gesagt, daß manchmal ein Bazillus, der sich festgesetzt hat, wo es warm und feucht ist, einen Tag oder zwei ausruhen kann, bevor er wieder erstarkt. Es hätte mich überrascht, wenn ich das gewußt hätte. Es hätte mich noch mehr überrascht, wenn ich erfahren hätte, daß es in fünfzehn oder zwanzig Jahren Pillen geben würde, mit denen diese Infektion in Rekordzeit aus dem Körper verbannt werden konnte. Und wenn diese Pillen auch ein wenig Magenbeschwerden oder Durchfall bewirken konnten, brauchte man davon nicht zu kotzen wie von Dr. Sadlers Sulfatpillen. Damals, 1932, konnte man nicht viel mehr tun, als abzuwarten und das Gefühl zu ignorieren, daß jemand einem Petroleum ins Wasserwerk geschüttet und dann mit einem Streichholz angezündet hatte.

Ich knöpfte die Hose zu, ging ins Schlafzimmer und schlief schließlich ein. Ich träumte von Mädchen mit scheuem Lächeln und Blut im Haar.

6

Am nächsten Morgen lag ein pinkfarbener Notizzettel auf meinem Schreibtisch. Ich sollte so schnell wie möglich zum Büro des Direktors kommen. Natürlich wußte ich, worum es ging – es gab ungeschriebene, aber sehr wichtige Regeln in dem Spiel, und ich hatte mich gestern eine Zeitlang nicht daran gehalten –, und so zögerte ich meinen Besuch beim Direktor so lange wie möglich hinaus. Wie den Besuch beim Doktor wegen meiner Probleme mit dem Wasserwerk, nehme ich an. Ich war stets der Ansicht gewesen, daß der Spruch ›Verschiebe nicht auf morgen, was du heute kannst besorgen‹ überbewertet wird.

Jedenfalls hetzte ich mich nicht ab, um Direktor Moores aufzusuchen. Statt dessen zog ich meinen Uniformrock aus, hängte ihn über die Rückenlehne meines Stuhls und schaltete den Ventilator an – es war wieder ein heißer Tag. Dann setzte ich mich hinter den Schreibtisch und ging Brutus Howells Bericht über die Nachtschicht durch. Es gab nichts Beunruhigendes.

Delacroix hatte nach dem Einschließen kurz geweint – das tat er in den meisten Nächten, und er weinte mehr um sich als um die Leute, die er lebend geröstet hatte, dessen bin ich mir ziemlich sicher –, und dann hatte er Mr. Jingles, die Maus, aus der Zigarrenkiste genommen, in der sie geschlafen hatte. Das hatte Del beruhigt, und er hatte den Rest der Nacht wie ein Baby geschlafen. Mr. Jingles hatte wahrscheinlich den längsten Teil der Nacht auf Delacroix' Bauch verbracht, den Schwanz über die Pfoten gelegt, die Augen offen. Es war, als hätte Gott entschieden, daß Delacroix einen Schutzengel brauchte, aber in Seiner Weisheit hatte er sich gesagt, daß es nur eine Maus sein konnte für so eine Ratte wie unseren mörderischen Freund aus Louisiana.

Natürlich stand nicht all das in Brutals Bericht, aber ich hatte selbst genug Nachtschichten gehabt, um zwischen den Zeilen lesen zu können. Da war eine kurze Notiz über Coffey. ›Lag wach, meistens ruhig, heulte vielleicht etwas. Ich versuchte, ein Gespräch in Gang zu bringen, aber nach ein paar mürrischen Antworten von Coffey gab ich auf. Paul oder Harry haben vielleicht mehr Glück.‹

›Ein Gespräch in Gang bringen‹ war ein Schwerpunkt unseres Jobs. Ich wußte es zu diesem Zeitpunkt nicht, aber wenn ich es aus der Sicht dieses seltsamen Alters betrachte (ich denke, Alter muß seltsam für die Leute sein, die es durchmachen), verstehe ich, was es war und warum ich es damals nicht erkannte – es war zu groß, so entscheidend für unsere Arbeit, wie unser Atmen für unser Leben war. Es war nicht wichtig, daß die Springer gut darin waren, ›ein Gespräch in Gang zu bringen‹, aber es war lebenswichtig für mich und Harry und Brutal und Dean …, und das war einer der Gründe, weshalb Percy Wetmore solch eine Katastrophe war.

Die Insassen haßten ihn, die Wärter haßten

ihn, jeder haßte ihn wahrscheinlich, mit Ausnahme von seinen politischen Verbindungen, Percy selbst und vielleicht (aber nur vielleicht) seiner Mutter. Er war wie eine Dosis Arsen in einem Hochzeitskuchen, und ich denke, ich wußte, daß er von Anfang an Unheil bedeutete. Er war wie ein Unglück, das eintreten würde. Was uns andere anging, so hätten wir über die Vorstellung gespottet, daß wir hauptsächlich nicht als Wärter fungierten, sondern als Psychiater der zum Tode Verdammten – ein Teil von mir will heute immer noch darüber spotten –, aber wir wußten, wie man ein Gespräch in Gang bringt, und ohne Gespräche hatten die Männer, die dem Tod ins Auge sahen, die Neigung, wahnsinnig zu werden.

Ich notierte am Fuß von Brutals Bericht, daß ich mit John Coffey reden sollte – es wenigstens versuchen sollte –, und widmete mich dann einer Notiz von Curtis Anderson, dem stellvertretenden Gefängnisdirektor. Anderson erwartete eine TDH-Anweisung für Edward Delacrois (Schreibfehler von Anderson, der Name lautete richtig Eduard Delacroix). TDH stand für Tag der Hinrichtung, und laut Notiz hatte Curtis Anderson aus glaubwürdiger Quelle erfahren, daß der kleine Franzose den Spaziergang kurz vor Halloween antreten würde – er schätzte, am 27. Oktober, und Curtis Andersons Schätzungen basierten meist auf zuverlässigen Informationen. Aber zuvor konnten wir einen Neuzugang namens William Wharton erwarten.

›Er ist das, was man Problemkind nennt‹, hatte

Curtis in seiner linkslastigen und irgendwie pingeligen Schrift geschrieben. ›Verrückt/wild und stolz darauf. Er ist im vergangenen Jahr oder so durch den ganzen Staat gestreift, hat drei Leute bei einem Überfall umgelegt, darunter eine schwangere Frau, und eine vierte Person bei der Flucht erschossen. Einen Staatspolizisten. Fehlte nur noch eine Nonne und ein Blinder.‹ Ich lächelte ein bißchen über diese Anmerkung. ›Wharton ist 19 Jahre alt und hat die Tätowierung *Billy the Kid* auf dem linken Oberarm. Sie werden ihm ein paarmal einen auf die Nase geben müssen, aber seien Sie dabei vorsichtig. *Diesem Mann ist einfach alles gleichgültig*.‹ Den letzten Satz hatte er dick unterstrichen und hinzugefügt: ›Könnte auch ein Dauerkunde sein. Hat Berufung eingelegt, und da ist die Tatsache, daß er minderjährig ist.‹

Ein verrückter Junge, der Berufung eingelegt hatte und bestimmt eine Weile bei uns blieb. Oh, das alles klang einfach prima. Plötzlich kam mir der Tag heißer denn je vor, und ich konnte den Besuch bei Direktor Moores nicht länger aufschieben.

Ich habe während meiner Jahre in Cold Mountain für drei Direktoren gearbeitet, und Hal Moores war der letzte und beste davon. Absolut ehrlich, geradeaus, auch wenn ihm selbst der beschränkte Humor Curtis Andersons fehlte, aber mit genug politischem Geschick, um seinen Job während dieser harten Jahre zu behalten – und mit genug Integrität, um sich nicht von seiner Pflicht abbringen zu lassen. Er würde nicht mehr aufsteigen, aber damit hatte er sich anscheinend abgefunden. Er war damals acht- oder neunundfünfzig und hatte ein tief zerfurchtes Bluthund-Gesicht, bei dessen Anblick sich Bobo Marchant vermutlich wie zu Hause gefühlt hätte. Er hatte weißes Haar, und seine Hände zitterten von irgendeiner Art Schüttellähmung, aber er war ein starker Mann.

Im vergangenen Jahr, als ein Gefangener ihn im Hof mit einer Latte von einer Kiste angegriffen hatte, war Moores unerschütterlich gewesen und hatte sich behauptet. Er hatte das Handgelenk des Scheißkerls gepackt und so hart verdreht, daß das Brechen von Knochen geklungen hatte wie das Knacken von trockenen Ästen in einem Feuer. Der Scheißkerl hatte alle Angriffslust verloren, war in die Knie gegangen und hatte dort im Dreck kniend nach seiner Mutter geschrien. »Ich bin nicht deine Mutter«, hatte Moores mit seiner kultivierten Südstaatlerstimme gesagt, »aber wenn ich das wäre, würde ich meinen Rock anheben und auf dich pissen, aus dem Schoß, der dich geboren hat.«

Als ich sein Büro betrat, wollte er aufstehen, aber ich forderte ihn mit einer Geste auf sitzenzubleiben. Ich nahm auf dem Stuhl vor seinem Schreibtisch Platz und erkundigte mich nach dem Wohlergehen seiner Alten ..., doch in unserem Teil der Welt sagt man das anders.

»Wie geht es Ihrem schönen Mädchen?« fragte ich, als ob Melinda erst siebzehn Lenze erlebt hätte statt zwei- oder dreiundsechzig. Meine Anteilnahme war echt – sie war eine Frau, die ich selbst hätte lieben und heiraten können, wenn uns das Leben zusammengeführt hätte –, aber es konnte auch nicht schaden, wenn ich ihn ein bißchen vom Hauptthema ablenkte.

Er seufzte tief. »Nicht so gut, Paul. Überhaupt nicht so gut.«

»Wieder Kopfschmerzen?«

»Nur einmal in dieser Woche, doch es war schlimmer denn je. Sie lag vorgestern fast den ganzen Tag flach. Und jetzt hat sie diese Schwäche in der rechten Hand.« Er hob die rechte Hand mit den Leberflecken. Wir beide sahen sie einen Moment lang zittern, bevor er sie sinken ließ. Ich kann Ihnen sagen, er hätte fast alles dafür gegeben, mir nicht sagen zu müssen, was er mir zu sagen hatte, und ich hätte fast alles dafür gegeben, es nicht hören zu müssen. Melindas Kopfschmerzen hatten im Frühjahr begonnen, und den ganzen Sommer hatten ihre Ärzte gesagt, daß es ›durch nervöse Spannungen bedingte Migräneanfälle‹ seien, vielleicht verursacht durch den Streß wegen der bevorstehenden Pensionierung ihres Mannes. Doch beide konnten den Ruhestand kaum erwarten, und meine Frau hatte mir gesagt, daß Migräne kein Leiden des Alters, sondern der Jugend ist; wenn die daran Leidenden Melinda Moores' Alter erreichten, ging es ihnen für gewöhnlich besser, nicht schlechter. Und nun diese Schwäche der Hand. Es klang nicht nach nervöser Spannung für mich; es klang wie ein verdammter Schlaganfall.

»Dr. Haverstrom will sie ins Krankenhaus in Indianola einliefern«, sagte Moores. »Sie untersuchen lassen. Den Kopf röntgen lassen, meint er. Wer weiß, was sonst. Sie fürchtet sich zu Tode.« Er schwieg kurz und fügte dann hinzu: »Ehrlich gesagt, ich auch.«

»Ja, aber Sie sollten dafür sorgen, daß sie sich untersuchen läßt«, sagte ich. »Warten Sie nicht. Wenn sich herausstellt, daß es etwas ist, was sie beim Röntgen sehen können, werden sie es vielleicht beheben können.«

»Ja«, stimmte er zu, und dann trafen sich kurz unsere Blicke – das einzige Mal während dieses Teils unseres Gesprächs, wie ich mich erinnere. Es war die Art von absolutem, realistischem Verständnis zwischen uns, das keine Worte brauchte. Es konnte ein Schlag sein, ja. Es konnte auch Krebs sein, und wenn das der Fall war, waren die Chancen, daß die Ärzte in Indianola etwas tun konnten, gering bis Null. Dies war 1932, bedenken Sie das, und selbst so etwas relativ Einfaches wie eine Blaseninfektion bedeutete entweder die Einnahme von Sulfat und Übelkeit oder leiden und warten.

»Ich danke Ihnen für Ihre Anteilnahme, Paul. Reden wir jetzt über Percy Wetmore.«

Ich stöhnte und schloß die Augen.

»Ich wurde heute morgen aus der Hauptstadt angerufen«, sagte der Direktor mit ruhiger Stimme. »Es war ein ziemlich ärgerlicher Anruf, wie Sie sich sicher vorstellen können. Paul, der Gouverneur ist so beschäftigt, daß er fast nicht da ist, wenn Sie verstehen, was ich meine. Und seine Frau hat einen Bruder, der ein Kind hat. Dieses Kind ist Percy Wetmore. Percy rief gestern abend seinen Daddy an, und Percys Daddy rief Percys Tante an. Muß ich Ihnen den Rest erzählen?«

»Nein«, sagte ich. »Percy hat gepetzt. Wie der Streber in der Schule dem Lehrer erzählt, daß Jack und Jill auf der Toilette geknutscht haben.«

»Ja«, stimmte Moores zu, »so ungefähr.«

»Wissen Sie, was zwischen Percy und Delacroix passierte, als Delacroix eingeliefert wurde?« fragte ich. »Percy und sein verdammter Hickory-Schlagstock?«

»Ja, aber . . .«

»Und Sie wissen, wie er manchmal damit auf die Gitterstäbe schlägt, nur um die Gefangenen zu erschrecken? Er ist gemein und blöde, und ich weiß nicht, ob ich ihn noch länger ertragen kann. Das ist die Wahrheit.«

Wir kannten uns seit fünf Jahren. Das kann eine lange Zeit sein für Männer, die gut miteinander auskommen, besonders wenn ein Teil des Jobs der Tausch von Leben gegen Tod ist. Ich will damit sagen, daß er mich verstand. Nicht, daß ich den Job hinschmeißen würde; nicht bei der Wirtschaftskrise, die außerhalb der Gefängnismauern herumging wie ein gefährlicher Verbrecher, den man nicht einsperren konnte wie unsere Schutzbefohlenen. Bessere Männer als ich standen arbeitslos auf der Straße. Ich hatte Glück und wußte es – die Kinder waren erwachsen, und die Hypothek, dieser zentnerschwere Marmorblock, der mich fast erdrückt hatte, war seit zwei Jahren von meiner Brust. Aber ein Mann muß essen, und seine Frau muß ebenfalls etwas zu essen haben. Außerdem schickten wir unserer Tochter und dem Schwiegersohn zwanzig Bucks, wann immer wir es uns erlauben konnten (und manchmal auch, wenn wir es uns nicht erlauben konnten, Janes Briefe jedoch besonders verzweifelt klangen). Er war ein arbeitsloser High-School-Lehrer, und wenn einen das nicht in jenen Tagen für Verzweiflung qualifizierte, dann hatte das Wort keine Bedeutung. Also nein, man gab keinen Job mit regelmäßigem Lohnscheck auf, nicht, wenn man kaltes Blut hatte.

Aber mein Blut war in diesem Herbst nicht kalt. Die Temperaturen waren ungewöhnlich für die Jahreszeit, und die Infektion in mir hatte den Thermostat noch höher gestellt. Wenn man in einer solchen Situation ist, kann einem sehr leicht die Faust ausrutschen, ohne daß man es will. Und wenn einem die Faust bei einem Mann mit Beziehungen wie Percy Wetmore ausrutscht, kann man ebensogut gleich betteln gehen, denn dann ist man erledigt, und es gibt keine Rückkehr mehr in den Job.

»Halten Sie durch«, sagte Moores ruhig. »Ich habe Sie zu mir gebeten, um Ihnen das zu sagen. Ich weiß aus guter Quelle – genauer gesagt, von der Person, die mich heute morgen anrief –, daß Percy ein Gesuch in Briar eingereicht hat und dem Gesuch stattgegeben wird.«

»Briar«, sagte ich. Das war Briar Ridge, eines der beiden staatlichen Krankenhäuser. »Was macht dieser Bengel? Eine Tournee bei staatlichen Einrichtungen?«

»Es ist ein Verwaltungsjob. Bessere Bezahlung

und Schreibarbeiten, anstatt Krankenbetten bei dieser Hitze herumzuschleppen.« Er grinste mich schief an. »Wissen Sie, Paul, Sie wären ihn vielleicht schon los, wenn Sie ihn nicht mit Van Hay in den Schalterraum geschickt hätten, als der Chief ging.«

Einen Moment lang kamen mir seine Worte so merkwürdig vor, daß ich keine Ahnung hatte, worauf er hinaus wollte. Vielleicht *wollte* ich keine Ahnung haben.

»Wohin sonst hätte ich ihn schicken können?« fragte ich. »Menschenskind, er wußte kaum, was er in dem Block tat! Ihn zum Mitglied des aktiven Hinrichtungsteams zu machen ...« Ich sprach nicht zu Ende. Konnte es nicht. Die Möglichkeit, etwas zu vermasseln, war scheinbar unendlich groß.

»Dennoch sollten Sie ihn für Delacroix einsetzen. Das heißt, wenn Sie ihn loswerden wollen.«

Ich schaute ihn an, und meine Kinnlade sackte hinab. Schließlich konnte ich sie wieder anheben, wo sie hingehörte, damit ich reden konnte. »Was sagen Sie da? Daß er eine Hinrichtung aus nächster Nähe erleben will, damit er riecht, wie die Eier des Typen braten?«

Moores zuckte die Achseln. Seine Augen, deren Ausdruck so weich gewesen war, als er über seine Frau gesprochen hatte, blickten jetzt hart. »Delacroix' Eier werden braten, ob Wetmore beim Team ist oder nicht«, sagte er. »Richtig?«

»Ja, aber er könnte die Hinrichtung vermasseln. Hal, er wird sie ganz sicher vermasseln.

Und vor dreißig Zeugen oder so – Reporter, die den weiten Weg von Louisiana gemacht haben.«

»Sie und Brutus Howell werden dafür sorgen, daß er das nicht tut«, sagte Moores. »Und wenn er es trotzdem tut, kommt es in seine Personalakte und wird immer noch darin stehen, wenn seine politischen Verbindungen zum Teufel sind. Verstehen Sie?«

Ich verstand. Es bereitete mir Übelkeit und Schrecken, aber ich verstand.

»Er will vielleicht bleiben, um Coffeys Hinrichtung zu erleben, aber wenn wir Glück haben, bekommt er alles, was er braucht, von Delacroix' Hinrichtung. Sorgen Sie nur dafür, daß er für diese eine Hinrichtung eingesetzt wird.«

Ich hatte vorgehabt, Percy wieder in den Schalterraum zu schicken, dann hinab in den Tunnel als Bewacher der Bahre, mit der Delacroix zum Fleischwagen über die Straße gegenüber vom Gefängnis gebracht werden würde, aber ich warf all diese Pläne über meine Schulter ab, ohne noch einmal hinzublicken. Ich nickte. Ich hatte das Gefühl zu wissen, daß ich ein Risiko einging, aber es machte mir nichts aus. Wenn ich dadurch Percy Wetmore loswerden würde, dann würde ich dem Teufel in die Nase zwicken. Er konnte an dieser Hinrichtung teilnehmen, Van Hay anweisen, den Hebel zu betätigen, und dann durch das Schaltergitter schauen; er konnte beobachten, wie der kleine Franzose auf dem Blitz ritt, den er, Percy Wetmore, aus der Flasche gelassen hatte. Sollte er seinen ekelhaften kleinen Kitzel haben, wenn ein vom Staat sanktionierter Mord das für ihn war. Sollte er dann nach Briar Ridge gehen, wo er ein eigenes Büro mit Ventilator haben würde. Und wenn sein angeheirateter Onkel bei der nächsten Wahl aus dem Amt abgewählt wurde und Percy herausfinden mußte, was Arbeit in der harten, alten sonnenverdorrten Welt bedeutete, wo nicht all die bösen Buben hinter Gittern eingesperrt waren und man manchmal selbst Schläge erhielt, war das um so besser.

»In Ordnung«, sagte ich und stand auf. »Ich werde ihn bei Delacroix' Hinrichtung in der ersten Reihe einsetzen. Und unterdessen werde ich ihn in Frieden lassen.«

»Gut«, sagte Moores und erhob sich ebenfalls. »Wie steht es übrigens mit Ihrem Problem?« Er wies taktvoll in Richtung meines Unterleibs.

»Ist anscheinend ein wenig besser geworden.«

»Nun, das ist prima.« Er ging mit mir zur Tür. »Was ist übrigens mit Coffey? Wird er ein Problem sein?«

»Ich denke, nein«, sagte ich. »Bis jetzt verhielt er sich ruhig wie ein toter Hahn. Er ist seltsam – sonderbare Augen – aber ruhig. Wir beobachten ihn natürlich trotzdem. Machen Sie sich keine Sorgen.«

»Sie wissen natürlich, was er getan hat.«

»Klar.«

Er führte mich bis ins Vorzimmer, in dem die alte Miss Hannah auf ihre Underwood-Schreibmaschine einhämmerte, wie sie es scheinbar seit dem Ende der letzten Eiszeit getan hatte, wie es mir vorkam. Ich war froh, daß ich gehen durfte. Alles in allem hatte ich das Gefühl, gut davongekommen zu sein. Und es war schön zu wissen, daß es also doch eine Chance gab, Percy zu überleben.

»Schicken Sie Melinda eine ganze Kiste mit meinen besten Wünschen«, sagte ich. »Und kaufen Sie sich keine zusätzliche Kiste von Sorgen. Es stellt sich vielleicht heraus, daß es nur Migräne ist.«

»Aber sicher«, sagte er, und während seine Augen Angst widerspiegelten, lächelten seine Lippen. Die Kombination kam verdammt nahe an das Lächeln eines Ghouls heran.

Ich kehrte zu Block E zurück, zu einem neuen Arbeitstag. Es gab Papierkram zu lesen und zu schreiben, Böden mußten mit dem Mop aufgewischt werden, Mahlzeiten mußten serviert werden, ein Dienstplan für die kommende Woche mußte aufgestellt werden, und es gab hundert Einzelheiten, um die ich mich kümmern mußte. Aber hauptsächlich gab es Warten – im Gefängnis gibt es immer viel davon, so viel, daß es nie zu Ende geht. Warten darauf, daß Eduard Delaroix über die Grüne Meile ging, warten auf William Wharton mit der großen Klappe und der Billythe-Kid-Tätowierung; und vor allem warten darauf, daß Percy Wetmore aus meinem Leben verschwinden würde.

7

Delacroix' Maus war eines von Gottes Geheimnissen. Ich sah niemals eine Maus in Block E vor diesem Sommer und nach diesem Herbst ebenfalls keine, als Delacroix an einem heißen, gewitterschwülen Abend im Oktober aus unserer Gesellschaft ausschied – auf eine so entsetzliche Art, daß ich mich kaum überwinden kann, mir alles in Erinnerung zu rufen. Delacroix behauptete, daß er seine Maus dressiert hatte, deren Leben bei uns als Steamboat Willy begonnen hatte, aber ich denke, es war andersherum. Dean Stanton empfand es ebenso und auch Brutal. Beide waren an dem Abend dabei, als die Maus ihren ersten Auftritt hatte, und Brutal sagte: »Das Ding ist bereits halb zahm und zweimal so gescheit wie dieser Cajun, der sich für den Besitzer hält.«

Dean und ich saßen in meinem Büro und gingen die Akten vom vergangenen Jahr durch, bereiteten Nachfaßschreiben an Zeugen von fünf Hinrichtungen vor und Nachfaßschreiben zu Nachfaßschreiben bei weiteren sechs, die bis ins Jahr 1929 zurückreichten. Im Grunde wollten wir nur eines wissen: Waren sie zufrieden mit dem Service? Ich weiß, das klingt grotesk, aber es war eine wichtige Überlegung. Als Steuerzahler waren sie unsere Kunden, aber sehr besondere. Leute, die sich die Zeit nehmen und sich die Mühe machen, um Mitternacht zuzuschauen, wie ein Mensch stirbt, haben einen besonderen, dringenden Grund dabeizusein, und wenn die Hinrichtung eine angemessene Bestrafung ist, dann sollte dieses Bedürfnis befriedigt werden. Sie hatten einen Alptraum erlebt. Der Zweck der Hinrichung ist es, ihnen zu zeigen, daß der Alptraum vorüber war. Vielleicht funktioniert das sogar so. Manchmal.

»Hey!« rief Brutal außerhalb der Bürotür, wo er am Wachpult am Ende des Gangs saß. »Hey, ihr beiden! Kommt schnell her!«

Dean und ich tauschten einen besorgten Blick, denn wir dachten, etwas wäre dem Indianer aus Oklahoma passiert (sein Name war Arlen Bitterbuck, aber wir nannten ihn ›Chief‹ oder, in Harry Terwilligers Fall, Chief Ziegenkäse, denn so roch Bitterbuck nach Harrys Ansicht) oder dem Typen, den wir ›President‹ nannten. Doch dann begann Brutal zu lachen, und wir eilten hin, um zu sehen, was los war. Lachen in Block E klang fast so fehl am Platze wie in einer Kirche.

Old Toot-Toot, der Kalfakter, in jenen Tagen für den Essenswagen zuständig, hatte seinen Wagen mit den Leckereien vorbeigerollt, und Brutal hatte sich für eine lange Nacht eingedeckt – drei belegte Brötchen, zwei Limo und zwei Teilchen. Außerdem eine Portion Kartoffelsalat, die Toot zweifellos aus der Gefängnisküche geklaut hatte, zu der er eigentlich keinen Zugang haben durfte. Brutal hatte das Dienstbuch geöffnet vor sich liegen, und es kam einem Wunder gleich, daß er noch nichts darüber verkleckert hatte. Natürlich hatte er gerade erst mit dem Mampfen angefangen.

»Was ist los?« fragte Dean.

»Der Staat muß den Geldsack in diesem Jahr genug geöffnet haben, um einen neuen Knastwärter einzustellen«, sagte Brutal, immer noch lachend. »Seht euch das an.«

Brutal wies hin, und wir sahen die Maus. Ich begann ebenfalls zu lachen, und Dean lachte mit. Man mußte einfach lachen, denn diese Maus sah aus wie ein Wächter, der viertelstündliche Patrouillen machte, um zu überprüfen, ob alles in Ordnung war: ein winziger, pelziger Wärter, der sich vergewisserte, daß keiner versuchte, auszubrechen oder Selbstmord zu begehen. Er trottete ein Stück auf der Grünen Meile auf uns zu und drehte den Kopf hin und her, wie um die Zellen zu überprüfen. Dann huschte er ein paar Schrittchen weiter und peilte wieder zu den Zellen links und rechts. Daß wir unsere gegenwärtigen Insassen schnarchen hörten, trotz des Gelächters, machte es irgendwie sogar noch lustiger.

Es war eine völlig normale braune Maus, abgesehen davon, daß sie die Zellen zu überprüfen schien. Sie ging sogar in zwei der Zellen hinein, huschte gewandt zwischen den Gitterstäben hindurch, worum sie unsere Gefangenen, ehemalige und gegenwärtige, sicherlich beneidet hätten, wie ich mir vorstellen kann.

Die Maus ging in keine der besetzten Zellen, nur in die leeren. Und schließlich hatte sie uns fast erreicht. Ich erwartete, daß sie kehrtmachte, aber das tat sie nicht. Sie zeigte überhaupt keine Furcht vor uns.

»Es ist nicht normal, daß sich eine Maus den Menschen so nähert«, sagte Dean Stanton ein wenig nervös. »Vielleicht hat die Maus Tollwut.«

»O mein Gott«, sagte Brutal, während er einen Happen Corned-beef-Brötchen kaute. »Der große Mäuse-Experte. Der Mausmann. Siehst du Schaum an der Schnauze, Mausmann?«

»Ich kann die Schnauze überhaupt nicht sehen«, sagte Dean, und das brachte uns alle wieder zum Lachen. Ich konnte den Mund ebenfalls nicht sehen, aber ich sah die schwarzen kleinen Knopfaugen und konnte darin kein Anzeichen auf Wahnsinn oder Tollwut entdecken. Die Augen blickten interessiert und intelligent. Ich habe Männer in den Tod geschickt – Männer mit angeblich unsterblichen Seelen –, die mich dümmer angeschaut haben als diese Maus.

Sie huschte die Grüne Meile hinauf bis dicht vor das Pult der Wache – das Pult war nichts Besonderes, wie Sie sich vielleicht vorstellen können, sondern nur so ein Pult, hinter dem Lehrer in der Grundschule sitzen. Und dort verharrte sie und schlang den Schwanz um die Pfoten, so spröde, wie eine alte Lady ihren Rock ordnet.

Mir verging plötzlich das Lachen, und ich spürte eisige Kälte bis in meine Knochen dringen. Ich möchte sagen, ich wußte nicht, warum ich dieses Gefühl hatte – keiner rückt gern mit etwas heraus, bei dem er lächerlich klingt oder aussieht –, aber natürlich wußte ich es, und wenn ich Ihnen die Wahrheit über den Rest sagen kann, werde ich Ihnen wohl auch die Wahrheit über diese Sache preisgeben können.

Einen Moment lang stellte ich mir vor, diese Maus zu sein, überhaupt kein Gefängniswärter, sondern einfach ein zum Tode verurteilter Verbrecher dort auf der Grünen Meile, verurteilt und verdammt und dennoch zu einem Pult hinauf blickend, das für sie doch Meilen hoch sein mußte (wie der Richtersitz Gottes eines Tages zweifellos auf uns wirken wird), und zu den lautstarken, blau uniformierten Giganten, die dahinter saßen. Giganten, die ihresgleichen erschossen oder mit Besen erschlugen oder mit Fallen fingen, mit Fallen, die ihnen das Rückgrat brachen, während sie vorsichtig über das Wort SIEGER krochen, um an dem Käse auf der kleinen Kupferplatte zu knabbern.

Es stand kein Besen bei dem Pult der Wache, aber ein Eimer mit Mop und dem Aufwischlappen noch darum. Ich hatte den grünen Linoleumboden und alle sechs Zellen aufgewischt, bevor ich mich mit Dean an die Kartei gesetzt hatte. Ich sah, daß Dean sich den Mop schnappen und damit zuschlagen wollte. Ich legte eine Hand auf sein Handgelenk, als seine Finger gerade den Besenstiel berührten.

»Laß das«, sagte ich.

Er zuckte mit den Schultern und zog seine Hand zurück. Ich hatte das Gefühl, daß er sie ebensowenig erschlagen wollte wie ich.

Brutal brach ein Stückchen vom Corned-beef-Brötchen ab und hielt es lockend zwischen zwei Fingern über das Pult zu der Maus hin. Die Maus schien mit noch lebhafterem Interesse hinaufzuschauen, als wüßte sie genau, was es war. Vielleicht war es so; ich sah, wie ihre Barthaare zuckten, während sie schnüffelte.

»Ah, Brutal, nein!« rief Dean und schaute dann mich an. »Laß das nicht zu, Paul! Wenn er das verdammte Ding füttert, könnte er ebensogut einen roten Teppich für alles auf vier Beinen ausrollen.«

»Ich möchte nur sehen, was sie tun wird«, sagte Brutal. »Sozusagen im Interesse der Wissenschaft.« Er schaute mich an – ich war der Boß, selbst bei so kleinen Abweichungen von der Routine wie dieser. Ich überlegte und zuckte die Achseln, als wäre es mir gleichgültig. In Wirklichkeit wollte ich ebenfalls sehen, was die Maus tun würde.

Nun, sie fraß es natürlich. Es war schließlich die Zeit der Wirtschaftskrise. Aber die Art und Weise, wie sie fraß, faszinierte uns alle. Sie näherte sich dem Stück Brötchen, schnüffelte auf dem Weg dorthin und setzte sich dann davor wie ein Hund, der Männchen macht, schnappte es sich und riß das Brot auseinander, um an das Fleisch zu gelangen. Sie machte es so bedächtig und wissend wie ein Mensch, der sich ein gutes Roastbeef-Abendessen in seinem Lieblingsrestaurant gönnt. Ich sah niemals ein Tier so fressen, nicht einmal einen gut dressierten Haushund. Und während die Maus fraß, ließ sie uns die ganze Zeit nicht aus den Augen.

»Entweder eine clevere Maus oder eine höllisch hungrige«, sagte jemand hinter uns. Es war Bitterbuck. Er war aufgewacht und stand jetzt an den Gitterstäben der Zelle, nackt bis auf ausgebeulte Boxershorts. Er hielt eine selbstgedrehte Zigarette zwischen dem zweiten und dritten Knöchel seiner rechten Hand, und sein eisengraues Haar lag in Zöpfen über den Schultern, die einst vermutlich muskulös gewesen waren, jetzt jedoch zu verspecken begannen.

»Kennst du irgendwelche Indianerweisheiten über Mäuse, Chief?« fragte Brutal und beobachtete, wie die Maus fraß. »Wir sind alle ziemlich überrascht über die Art, wie sie das Stück Corned beef zwischen den Pfoten hält, es gelegentlich dreht oder darauf schaut, als wollte sie es bewundern und würdigen.«

»Nö«, sagte Bitterbuck. »Kannte mal einen Krieger, der behauptete, seine Handschuhe wären aus Mäusehaut, aber das kaufte ich ihm nicht ab.« Dann lachte er, als wäre die ganze Sache ein Scherz, und zog sich von den Gitterstäben zurück. Wir hörten die Pritsche knarren, als er sich wieder hinlegte.

Das war anscheinend für die Maus das Signal zum Gehen. Sie fraß zu Ende, was sie zwischen den Pfoten hielt, schnüffelte an dem, was übriggeblieben war (hauptsächlich Brot mit Senf), schaute uns an, als wollte sie sich unsere Gesichter einprägen, damit sie sie wiedererkannte, wenn wir uns später begegneten. Dann machte sie kehrt und huschte auf dem Weg davon, auf dem sie gekommen war, diesmal ohne zu verharren und die Zellen zu überprüfen. Die Eile erinnerte mich an das weiße Kaninchen in den Abenteuern von *Alice im Wunderland,* und ich lächelte. Sie verharrte nicht bei der Tür zur Gummizelle, sondern verschwand darunter. Die Gummizelle hatte weiche Wände – für Leute, deren Gehirn ein wenig weich geworden war. Wenn wir die Zelle nicht für den eigentlichen Zweck brauchten, bewahrten wir darin Reinigungsutensilien und ein paar Bücher auf (überwiegend Western von Clarence Mulford, aber auch ein Buch – das nur bei besonderen Anlässen verliehen wurde – mit einer illustrierten Geschichte, in der Popeye, Pluto und sogar Wimpy, der Hamburger, sich abwechselnd beharkten und Olive Oyl vernaschten). Es gab auch Utensilien für künstlerische Arbeiten darin, einschließlich der Buntstifte, die Delacroix später so gut benutzte. Nicht, daß das schon jetzt unser Problem gewesen wäre; dies war früher, halten Sie sich das vor Augen. In der Gummizelle war auch die Zwangsjacke, die niemand tragen wollte – weiß, aus doppelt genähtem Segeltuch und mit den Knöpfen und Schnallen und Riemen am Rücken.

Wir alle wußten, wie wir ein Problemkind im Nu in diese Jacke stecken konnten. Sie wurden nicht oft gewalttätig, unsere verlorenen Jungs, aber wenn sie das wurden, Bruder, dann wartete man nicht darauf, bis sich die Lage von selbst besserte.

Brutal griff in die Schublade des Pults und nahm das große, in Leder gebundene Buch mit dem golden aufgestempelten Wort BESUCHER darauf. Normalerweise blieb dieses Buch von einem Monat zum nächsten in der Schublade. Wenn ein Gefangener Besuch bekam – es sei denn, es war ein Anwalt oder Geistlicher –, dann ging er hinüber zu dem Raum neben der Kantine, der diesem Zweck diente. Die Arkade nannten wir diesen Raum, ich weiß nicht, warum.

»Was, zum Teufel, machst du da?« fragte Dean Stanton und spähte über die Gläser seiner Brille hinweg, als Brutal das Buch aufklappte und nach Besuchern von Männern blätterte, die jetzt tot waren.

»Ich erfülle Vorschrift neunzehn«, sagte Brutal und fand die aktuelle Seite. Er nahm einen Bleistift, beleckte die Spitze – eine eklige Angewohnheit, die er einfach nicht aufgeben konnte – und schickte sich zum Schreiben an.

Vorschrift 19 besagte: ›Jeder Besucher von Block E hat einen gelben Ausweis der Verwaltung vorzuzeigen und ist ohne Ausnahme im Besucherbuch zu vermerken.‹

»Er ist übergeschnappt«, sagte Dean zu mir.

»Er zeigte uns den Ausweis nicht, aber ich werde das diesmal durchgehen lassen«, sagte Brutal. Er leckte noch einmal an der Bleistiftspitze und schrieb dann 21:49 Uhr in die Spalte BEGINN DER BESUCHSZEIT.

»Klar, warum nicht, die großen Bosse machen vielleicht bei Mäusen Ausnahmen«, sagte ich.

»Natürlich tun sie das«, stimmte Brutal zu. Er drehte den Kopf, schaute auf die Wanduhr hinter dem Pult und schrieb dann 22:01 Uhr in die Spalte ENDE DER BESUCHSZEIT. Die längere Spalte zwischen den Uhrzeiten war für NAME DES BESUCHERS bestimmt. Nach einer Weile angestrengten Nachdenkens – vermutlich, um zu überlegen, wie es geschrieben wurde, denn ich bin überzeugt, daß der Gedanke schon in seinem Kopf war – schrieb Brutus Howell sorgfältig Steamboat Willy, wie die meisten Leute in jenen Tagen Mickey Mouse nannten. Das lag an dem ersten Tonfilm-Comic, in dem sie die Augen verdrehte, mit den Hüften wackelte und an der Schnur der Pfeife im Ruderhaus des Dampfschiffs zog.

»So«, sagte Brutal, klappte das Buch zu und legte es in die Schublade zurück. »Alles ordnungsgemäß erledigt.«

Ich lachte, aber Dean, der sogar ernst blieb, wenn er einen Scherz erkannte, runzelte die Stirn und polierte heftig seine Brillengläser.

»Du wirst Ärger bekommen, wenn jemand das sieht.« Dean zögerte und fügte hinzu: »Der falsche Jemand.« Er zögerte wieder, schaute sich kurzsichtig um, als erwarte er fast, daß den Wänden Ohren gewachsen waren, bevor er zu Ende sprach: »Jemand wie das Arschloch Percy Wetmore.«

»Hm«, sagte Brutal. »Der Tag, an dem Percy Wetmore hier an diesem Pult sitzt, wird der Tag meiner Kündigung sein.«

»Du wirst nicht zu kündigen brauchen«, sagte Dean. »Sie werden dich feuern, weil du Blödsinn ins Besucherbuch geschrieben hast – wenn Percy das Richtige in die richtigen Ohren flüstert. Du weißt, daß er das kann.«

Brutal blickte finster drein, sagte jedoch nichts. Ich nahm an, daß er später ausradieren würde, was er geschrieben hatte. Und wenn nicht, dann würde ich es tun.

Am nächsten Abend, nachdem wir Bitterbuck und dann President hinüber zu Block D zum Duschen gebracht hatten – die Häftlinge dort waren zuvor eingeschlossen worden –, fragte mich Brutal, ob wir nicht mal nach Mickey Mouse dort in der Gummizelle schauen sollten.

»Ich nehme an, das sollten wir tun«, erwiderte ich. Wir hatten am vergangenen Abend viel über diese Maus gelacht, aber ich wußte, wenn Brutal und ich sie dort in der Gummizelle fanden – besonders wenn sie eine der gepolsterten Wände angeknabbert hatte –, würden wir sie totschlagen. Es war besser, den Kundschafter zu töten, ganz gleich, wie amüsant er sein mochte, als mit all den vielen Pilgern leben zu müssen, die ihm folgten. Und, ich sollte es Ihnen nicht sagen, aber keiner von uns war sehr zimperlich bei einem kleinen Mäuse-Mord. Schließlich wurden wir vom Staat dafür bezahlt, Ratten zu töten.

Aber wir fanden Steamboat Willy alias Mickey Mouse, später bekannt als Mr. Jingles, nicht in dieser Nacht, weder in den weichen Wänden nistend noch hinter irgendwelchem Gerümpel, das wir in den Gang hinaus schleppten. Es war eine Menge Gerümpel, mehr, als ich erwartet hatte, denn wir hatten die Gummizelle lange nicht benutzt. Das würde sich mit der Ankunft von William Wharton ändern, aber das wußten wir zu diesem Zeitpunkt natürlich noch nicht. Glück für uns.

»Wo ist sie geblieben?« fragte Brutal schließlich und wischte sich mit einem blauen Halstuch den Schweiß vom Nacken. »Kein Loch, keine Spalte, natürlich das da, aber ...« Er wies auf den Wasserabfluß im Boden. Unterhalb des Gitters, durch das die Maus nicht hindurch konnte, war ein Drahtnetz, durch das nicht einmal eine Fliege hätte schlüpfen können. »Wie ist die Maus reingekommen? Wie ist sie rausgekommen?«

»Keine Ahnung«, sagte ich.

»Steamboat Willy ist hiergewesen, nicht wahr? Ich meine, wir drei haben sie gesehen.«

»Ja, sie verschwand unter der Tür. Sie mußte sich hineinzwängen, aber sie schaffte es.«

»Menschenskind«, sage Brutal. »Es ist gut, daß die Sträflinge sich nicht so klein machen können, nicht wahr?«

»Da hast du recht«, sagte ich und ließ meinen Blick ein letztes Mal auf der Suche nach einem Loch, einer Spalte oder sonstwas über die gepolsterten Wände schweifen. »Komm, laß uns gehen.«

Steamboat Willy tauchte drei Nächte später wieder auf, als Harry Terwilliger am Pult Wachdienst hatte. Percy war ebenfalls da, und er jagte die Maus über die Grüne Meile zurück mit dem gleichen Besen, den Dean ebenfalls hatte benutzen wollen. Die Maus entkam Percy mit Leichtigkeit. Sie schlüpfte durch den Spalt unter der Tür der Gummizelle und hängte Percy und seinen Besen um eine Handbreite ab.

Percy fluchte lauthals, schloß die Tür auf und gab all diesen Scheiß von neuem von sich. Es war lustig und unheimlich zugleich, sagte Harry.

Percy schwor, daß er die gottverdammte Maus schnappen und ihr den kleinen Kopf abreißen würde, aber das gelang ihm natürlich nicht. Verschwitzt und zerzaust kehrte er eine halbe Stunde später zurück, wischte sich Haarsträhnen aus der Stirn, stopfte den Saum seines Hemds hinten in die Uniformhose und erklärte Harry (der bei dem Radau ruhig hinter dem Pult sitzengeblieben war und gelesen hatte), daß er einen Streifen Isolierband zwischen Tür und Boden kleben werde; das würde das Schädlings-Problem lösen.

»Was immer Sie für das Beste halten, Percy«, sagte Harry und blätterte eine Seite der Pferdeschmonzette um, die er las. Er sagte sich, Percy würde vergessen, den Spalt unter der Tür mit Isolierband zu blockieren, und damit hatte er recht.

8

Spät in diesem Winter, lange nachdem diese Ereignisse vorüber waren, kam Brutal eines Nachts zu mir, als nur wir beide Dienst hatten, Block E vorübergehend leer war und all die anderen Wärter vorübergehend versetzt worden waren. Percy war nach Briar Ridge gegangen.

»Komm her«, sagte Brutal mit sonderbar gepreßter Stimme, woraufhin ich ihn scharf ansah. Ich war soeben aus einer kalten Nacht mit Graupelschauern gekommen und wischte die Schultern meines Mantels ab, bevor ich ihn aufhängte.

»Ist was nicht in Ordnung?« fragte ich.

»Nein«, sagte er, »aber ich habe herausgefunden, wo Mr. Jingles rein und raus kam. Als er das erstemal kam, meine ich, bevor Delacroix ihn übernahm. Willst du es sehen?«

Natürlich wollte ich das. Ich folgte ihm über die Grüne Meile zur Gummizelle. Alles Zeug, das wir dort aufbewahrt hatten, war jetzt draußen auf dem Gang. Brutal hatte offenbar die Flaute im Verkehr mit Kunden genutzt, um etwas aufzuräumen. Die Tür stand offen, und ich sah darin unseren Eimer mit dem Schrubber. Der Boden, mit dem gleichen limonengrünen Ton wie die Grüne Meile selbst, trocknete nach dem Aufwischen. In der Mitte der Zelle stand eine Trittleiter, die sonst im Lagerraum aufbewahrt wurde, der zugleich zufällig als letzter Stop der vom Staat zum Tode Verurteilten diente. Ein Sims ragte hinter der Leiter nahe bei der Decke hervor, die Art, auf der ein Handwerker sein Werkzeug oder ein Maler den Eimer mit Farbe abstellt. Darauf lag eine Taschenlampe. Brutal reichte sie mir.

»Steig dort rauf. Du bist kürzer als ich, so kommst du vielleicht nicht ganz heran, aber ich werde deine Beine halten.«

»Ich bin da unten kitzlig«, sagte ich und stieg die Leiter hinauf. »Besonders an den Knien.«

»Ich werde daran denken.«

»Gut«, sagte ich, »denn eine gebrochene Hüfte ist ein zu hoher Preis, um festzustellen, woher eine einzelne Maus kommt.«

»Wie?«

»Schon gut.« Mein Kopf reichte fast bis an die mit einem Gehäuse umgebene Birne in der Mitte der Decke, und ich spürte, daß die Leiter ein wenig unter meinem Gewicht wackelte. Ich konnte den Winterwind draußen heulen hören. »Halt mich nur ja fest.«

»Ich habe dich, keine Sorge.« Er hielt meine Knöchel mit festem Griff, und ich stieg noch eine Stufe höher. Jetzt war mein Kopf nicht mehr weit von der Decke entfernt, und ich konnte die Spinnweben in dem Winkel sehen, wo die Dachbalken zusammenstießen. Ich leuchtete mit der Taschenlampe, konnte jedoch nichts entdecken, was das Risiko rechtfertigte, hier oben zu sein.

»Nein«, sagte Brutal. »Du schaust zu weit weg, Boß. Sieh nach links, wo diese Balken zusammenkommen. Siehst du sie? Von einem ist ein bißchen Farbe abgeblättert.«

»Ich sehe es.«

»Leuchte auf die Verbindungsstelle.«

Ich tat es und sah fast sofort, was er mir zeigen wollte. Die Balken waren mit Holzdübeln zusammengefügt, mit einem halben Dutzend, und ein Dübel fehlte. Dort war jetzt ein schwarzes, rundes Loch von der Größe eines Fünfundzwanzig-Cent-Stücks. Ich schaute darauf und blickte dann zweifelnd über die Schulter zu Brutal. »Es war eine kleine Maus«, sagte ich. »Aber eine so kleine? Mann, das bezweifle ich.«

»Aber dorthin ist sie gegangen«, sagte Brutal. »Davon bin ich felsenfest überzeugt.«

»Ich begreife nicht, wie du das glauben kannst.«

»Neig dich näher hin – keine Angst, ich halte dich – und blase in das Loch.«

Ich tat, was er verlangte, hielt mich mit der linken Hand an einem der anderen Dachbalken fest und fühlte mich ein bißchen besser, als ich Halt hatte. Der Wind draußen heulte wieder; Luft drang durch dieses Loch und blies in mein Gesicht. Ich konnte den scharfen Atem einer Winternacht im südlichen Grenzland riechen und etwas anderes ebenso.

Der Geruch von Pfefferminz.

Laßt nicht zu, daß Mr. Jingles etwas passiert, glaubte ich Delacroix mit bebender Stimme sagen zu hören. Ja, ich konnte das hören, und ich konnte die Wärme von Mr. Jingles spüren, als der Franzose ihn mir übergab, nur eine Maus, kleiner als die meisten der Gattung zweifellos, aber eine Maus. *Laß nicht zu, daß dieser böse Indianer meiner Maus etwas antut,* hatte er gesagt, und ich hatte es versprochen, wie ich ihnen vor dem Ende immer alles verspreche, wenn der Gang über die Grüne Meile keine vage Vorstellung oder Hypothese mehr ist, sondern wirklich angetreten werden muß. Schickst du diesen Brief an meinen Bruder, den ich seit zwanzig Jahren nicht mehr gesehen habe? Ich verspreche es. Betest du fünfzehn Ave Maria für meine Seele? Ich verspreche es. Läßt du mich unter meinem Spitznamen begraben und ihn auf meinen Grabstein schreiben? Ich verspreche es. Das war die Art und Weise, wie man sie gut auf den Weg brachte, wie man dafür sorgte, daß sie geistig gesund auf dem Stuhl am Ende der Grünen Meile saßen. Ich konnte natürlich nicht all diese Versprechen einhalten, aber ich hielt das Versprechen ein, das ich Delacroix gegeben hatte. Der Franzose selbst hatte bitter dafür zu büßen gehabt. Der böse Indianer hatte der Maus nichts antun dürfen, kein zweites Mal, aber er hatte seine Wut an Delacroix ausgelassen und ihn oft traktiert. Oh, ich wußte, was er verbrochen hatte, klar, aber keiner verdiente, was mit Eduard Delacroix geschah, als er in Old Sparkys grausame Umarmung fiel.

Ein Geruch von Pfefferminz.

Und noch etwas. Weiter hinten in diesem Loch.

Ich nahm mit der rechten Hand einen Federhalter aus meiner Brusttasche – mit der Linken hielt ich mich immer noch an dem Balken fest –, und ich machte mir keine Sorgen mehr, daß Brutal unabsichtlich meine empfindlichen Knie berühren und mich kitzeln konnte. Ich schraubte mit einer Hand die Kappe des Federhalters ab, stieß dann die Spitze in das Loch und pulte etwas heraus. Es war ein winziger Holzsplitter, der leuchtend gelb gefärbt war, und ich hörte wieder Delacroix' Stimme, so deutlich diesmal, daß sein Geist in dieser Zelle bei uns hätte sein können – in der Zelle, in der William Wharton so viel seiner Zeit verbringen sollte.

Hey, ihr Jungs! sagte die Stimme diesmal – die lachende, erstaunte Stimme eines Mannes, der vergessen hat, wenigstens für eine kleine Weile, wo er ist und was ihn erwartet. *Kommt und seht euch an, was Mr. Jingles kann!* Und dann zeigte er uns Kunststücke, die Mr. Jingles auf der Holzrolle machte.

»Allmächtiger«, flüsterte ich, und mir stockte der Atem.

»Du hast noch einen Splitter gefunden, nicht wahr?« fragte Brutal. »Ich habe drei oder vier gefunden.«

Ich stieg hinab und leuchtete mit der Taschenlampe auf Brutals große Handfläche, die er mir hinstreckte. Darauf lagen einige Holzsplitter wie Mikadostäbchen für Kobolde. Zwei waren gelb wie der Splitter, den ich gefunden hatte. Einer war grün, einer rot. Sie waren nicht mit Farbe, sondern mit Wachsbuntstiften gefärbt.

»O Mann«, sagte ich mit leiser, bebender Stimme. »Es sind Stücke von dieser Holzrolle, nicht wahr? Aber warum? Warum hier oben?«

»Als Kind war ich nicht so groß wie jetzt«, sagte Brutal. »Ich wuchs am meisten zwischen fünfzehn und siebzehn. Bis dahin war ich ein Knirps. Und als ich zum erstenmal zur Schule ging, fühlte ich mich so klein wie ... nun, so klein wie eine Maus, würdest du vermutlich sagen. Ich hatte schreckliche Angst. Weißt du, was ich tat?«

Ich schüttelte den Kopf. Draußen raunte der Wind. In den Winkeln der Dachbalken erzitterten die Spinnweben wie unter einer Bö. Ich war nie an einem so unheimlichen Platz gewesen, und dort, als wir auf die Splitter der Rolle schauten, auf der die Maus Kunststückchen gezeigt hatte, begriff mein Verstand, was mein Herz verstanden hatte, seit John Coffey über die Grüne Meile gegangen war: Ich konnte diesen Job nicht länger ertragen. Wirtschaftskrise hin, Wirtschaftskrise her. Ich konnte nicht noch mehr Männer durch mein Büro und in den Tod gehen sehen. Auch nur einer mehr würde einer zuviel sein.

»Ich bat meine Mutter um eines ihrer Taschentücher«, sagte Brutal. »Wenn mir zum Heulen zumute war und ich mich klein fühlte, dann konnte ich daran schnüffeln und ihr Parfüm riechen, und ich fühlte mich nicht mehr so schlecht.«

»Du denkst – was? Daß die Maus etwas von dieser farbigen Rolle abgebissen hat, als Erinnerung an Delacroix? Daß eine Maus ...«

Ich blickte auf. Für einen Moment glaubte ich, Tränen in seinen Augen zu sehen, aber ich nehme an, ich irrte mich. »Ich will nichts sagen, Paul. Aber ich fand sie hier oben, und ich roch Pfefferminz genau wie du – du weißt, daß du es gerochen hast. Und ich kann dies nicht länger tun. Ich werde es nicht länger tun. Wenn ich noch einen Mann auf diesen Stuhl bringe, wird es mich umbringen. Ich werde am Montag ein Versetzungsgesuch zum Jugendgefängnis einreichen. Wenn ich vor der nächsten Hinrichtung versetzt werde, ist das prima. Wenn nicht, werde ich auf den Job pfeifen und wieder als Farmer arbeiten.«

»Was hat es denn jemals auf deiner Farm gegeben außer Steinen?«

»Das macht nichts.«

»Ich weiß«, sagte ich. »Ich denke, ich werde mich dir anschließen.«

Er schaute mich genau an, vergewisserte sich, daß ich mich nicht über ihn lustig machte, und dann nickte er, als sei es eine abgemachte Sache.

Der Wind heulte wieder, diesmal so stark, daß die Dachbalken ächzten, und wir schauten beide mit einem unbehaglichen Gefühl zu den gepolsterten Wänden. Ich glaube, für einen Moment konnten wir William Wharton hören – nicht Billy the Kid, der nicht, er war für uns seit seinem ersten Tag im Block ›Wild Bill‹ –, wie er schrie und lachte und uns sagte, wir würden verdammt froh sein, ihn loszuwerden, wir würden ihn niemals vergessen. In diesen Dingen hatte er recht.

Was Brutal und ich in dieser Nacht in der Gummizelle abgemacht hatten, kam genau so. Es war fast, als hätten wir einen feierlichen Eid auf diese winzigen Stücke von gefärbtem Holz geleistet. Keiner von uns beiden nahm jemals an einer anderen Hinrichtung teil. John Coffeys Exekution war die letzte.

ENDE DES 1. TEILS

STEPHEN KING BEI BASTEI-LÜBBE

Band 13 411